Otto Freiherr von

Das Wetter im Sprichwort

SALZWASSER
VERLAG

Otto Freiherr von Reinsberg-Düringsfeld

Das Wetter im Sprichwort

Unveränderter Nachdruck der Originalausgabe von 1864.

1. Auflage 2022 | ISBN: 978-3-75259-670-0

Verlag: Salzwasser Verlag GmbH, Zeilweg 44, 60439 Frankfurt, Deutschland
Vertretungsberechtigt: E. Roepke, Zeilweg 44, 60439 Frankfurt, Deutschland
Druck: Books on Demand GmbH, In de Tarpen 42, 22848 Norderstedt, Deutschland

Das

Wetter im Sprichwort.

Von

O. Freiherr v. Reinsberg-Düringsfeld.

Leipzig,

1864.

Vorrede.

Von verschiedenen Seiten aufgefordert, die in Weber's „Illustrirter Zeitung" veröffentlichten Artikel über das „Wetter im Sprichwort" zu vervollständigen, und als ein Ganzes herauszugeben, entschloß sich der Verfasser, einen Theil seiner ziemlich umfangreichen Sammlung von sogenannten Bauernregeln, die für ein späteres, größeres kulturhistorisches Werk bestimmt ist, separat erscheinen zu lassen, und so entstand das vorliegende Büchlein.

Da jedes Land, jedes Volk, fast jeder Ort seine eigenen Wetterregeln besitzt, welche allerdings häufig selbst dem Wortlaut nach so übereinstimmen, daß man sie dreist einer und derselben gemeinschaftlichen Quelle zuschreiben kann, ebenso oft aber auch in einer Weise von einander abweichen, daß man unverkennbar besondere lokale Beobachtungen als zu Grunde liegend annehmen muß, so konnte natürlich nur eine Auswahl derselben getroffen werden, um das Buch nicht allzustark werden zu lassen.

Aus demselben Grunde, sowie um das Werk zugleich für das allgemeine Lesepublikum zugänglicher zu machen, mußte sich der Verf. darauf beschränken, die Uebersetzungen ohne die Originale mitzutheilen, und blos in solchen Fällen eine Ausnahme von dieser Regel zu machen, wo Sprichwörter aus bekannteren Sprachen und Dialekten wörtlich unübersetzbar waren, oder durch ihre originelle Fassung ein besonderes, ethnographisches Interesse darboten.

Ein näheres Eingehen auf die Erklärung der einzelnen Wetterregeln in Betreff ihres Ursprungs oder ihres Zusammenhanges mit der Meteorologie des betreffenden Landes oder der Mythologie der verschiedenen Völker, dürfte hier nicht am Platze sein, um so mehr, da bei unserer heutigen vorgeschrittenen Bildung jeder Leser leicht selbst zu unterscheiden vermag, was von den Voraussagungen dem Aberglauben oder dem Reich der Möglichkeit angehört. Der Verfasser begnügte sich daher, die Sprichwörter über das Wetter in wortgetreuen Uebersetzungen einfach zusammenzustellen, und nur da ein Wort zum Verständniß hinzuzufügen, wo ein Sprichwort auf besonderen lokalen Verhältnissen beruht, welche dem Leser fremd sein dürften.

Der Verfasser.

Verzeichniß der Abkürzungen.

äth.	bedeutet:	äthiopisch.
afr.	„	afrikanisch.
agr.	„	altgriechisch.
alb.	„	albanesisch.
altm.	„	altmärkisch.
andl.	„	andalusisch.
anh.	„	anhaltisch.
ar.	„	arabisch.
b.	„	bergamaskisch.
ba.	„	baskisch.
brt.	„	bretagnisch.
bs.	„	bosnisch.
bulg.	„	bulgarisch.
cz.	„	czechisch.
cors.	„	corsisch.
d.	„	deutsch.
dä.	„	dänisch.
d.=b.	„	deutschböhmisch.
d.=ö.	„	deutschösterreichisch.
Eif.	„	Eifel.
engl.	„	englisch.
esth.	„	esthnisch.
Etschld.	„	Etschland.
fin.	„	finnisch.
frk.	„	fränkisch.
Frkf.	„	Frankfurt a. M.
frl.	„	furlanisch (Friaul).
frz.	„	französisch.
g.	„	galizisch.
h.	„	holländisch.
hbr.	„	hebräisch.
hd.	„	hindostanisch.
hess.	„	hessisch.
hlst.	„	holsteinisch.
Hrz.	„	Harz.
Hrzg.	„	Herzegowina.
ill.	„	illyrisch.
isl.	„	isländisch.
it.	„	italienisch.
K.	„	Köln.
klr.	„	kleinrussisch.
kr.	„	krainerisch.

kro.	bedeutet:	kroatisch.
l.	"	lombardisch.
lat.	"	lateinisch.
les.	"	lesignanisch (auf Lesina).
lett.	"	lettisch.
lit.	"	litauisch (preuß.-litauisch).
ls.	"	lausitzisch.
m.	"	mailandisch.
ma.	"	magyarisch.
malt.	"	maltesisch.
Mrk.	"	Grafschaft Mark.
neg.engl.	"	Negerenglisch.
ngr.	"	neugriechisch.
nls.	"	niederlausitzisch.
nor.	"	Dialekt der Normandie.
nord.engl.	"	nordenglisch.
ols.	"	oberlausitzisch.
oschl.	"	oberschlesisch.
p.	"	polnisch.
parm.	"	parmesanisch.
Pat.	"	Patois der französischen Schweiz.
pers.	"	persisch.
Pf.	"	Pfalz.
Pic.	"	Dialekt der Picardie.
plattd.	"	plattdeutsch.
port.	"	portugiesisch.
prov.	"	provençalisch.
r.	"	russisch.
rh.	"	rheinisch.
s.	"	serbisch.
sa.	"	sardinisch.
scho.	"	schottisch.
schw.	"	schwedisch.
schwb.	"	schwäbisch.
schwei.	"	schweizerisch.
sic.	"	sicilianisch.
slov.	"	slovenisch (Kärnten).
sp.	"	spanisch.
t.	"	toscanisch.
ta.	"	tatarisch.
th.	"	thüringisch.
tu.	"	turkisch.
tyr.	"	tyrolisch.
v.	"	venetianisch.
ver.	"	veronesisch
vl.	"	vlämisch.
wstph.	"	westphälisch.
Z.	"	Zigeuner-Sprache.

---

a.	bedeutet:	auch.
g. ä.	"	ganz ähnlich.
o.	"	oder.
u.	"	und.

Inhalt.

Seite

Einleitung.

Je unberechenbarer das Wetter ist, je größer ist der Wunsch des Menschen, es im Voraus zu bestimmen, um so sein Thun und Lassen mit Erfolg danach richten zu können. Seit den ältesten Zeiten hat man daher versucht, den Wechsel der Witterung mit andern Erscheinungen der äußeren Natur, sei es am Himmel und in der Luft, sei es an Pflanzen und Thieren, in einen gewissen Einklang zu bringen, und die mannigfachen Erfahrungssätze, welche sich aus diesen Beobachtungen ergaben, haben sich in zahllosen gereimten und reimlosen Sprüchen erhalten, die unter dem Namen Bauernregeln bekannt sind.

Da dieselben sich zum großen Theil an die hergebrachten Namen der Kalendertage knüpfen, so hat es auf den ersten Anschein allerdings etwas Widersinniges, daß die sogenannten Loostage oder entscheidenden Tage Einfluß auf die Witterung eines bestimmten Zeitraumes von kürzerer oder längerer Dauer haben sollen. Bei näherem Einblick jedoch ersieht man, daß diese „kritischen" Tage fast immer gut gewählt sind, und daß in dem scheinbar undurchdringlichen Chaos der Bauernregeln gewisse Gesetze herrschen, die nicht so ohne Weiteres zu verwerfen sind.

Denn wenn z. B. Weihnachten und Johanni für einflußreich auf das Wetter gelten, so erklärt sich dies aus dem Erfahrungssatze, daß die Sonnenwenden in der Regel einen Wechsel der Witterung herbeiführen.

Wenn es ferner heißt, daß Regen an St. Urban (25. Mai) und St. Barnabas (11. Juni) dem Wein gefährlich sei, so hat man nicht Unrecht, weil Regen um diese Zeit den Wein in seiner Blüte stört, und wenn man fürchtet, daß Regen an Mariä Heimsuchung (2. Juli), am Sieben-Brüdertage (10. Juli) oder an St. Margarethe (13. Juli) längere Zeit anhält, so rührt dies aus der richtigen Beobachtung her, daß die glühende Julisonne fortwährend die Feuchtigkeit aus der Erde zieht, die dann als Regen wieder herabfällt.

Daß hierbei die Bestimmung der Dauer des Regens oft blos willkürlich, je nachdem es der Reim erforderte, oder mit Anspielung auf den Namen des Tages angegeben wird, kann uns nicht verwundern, da wir wissen, daß die Bauernregeln vom Volke selbst ausgegangen sind, und meist einer Zeitepoche angehören, wo der Aberglaube noch in der schönsten Blüte stand.

Daher finden wir unter ihnen auch zahlreiche Sprichwörter, welche lediglich auf vorchristlichen Anschauungen zu beruhen scheinen, und namentlich werden viele Tage als einflußreich genannt, die einst als Anfänge von Monaten und Jahreszeiten gedient haben mögen, und deshalb ihre Wichtigkeit zum Theil dem weitverbreiteten

Glauben an die Vorbedeutung des ersten Tages eines Zeitabschnittes zu verdanken haben.

Denn wie der 25. December, unser Weihnachtstag und der erste Tag des Jahres der alten Germanen, der 25. März, das Fest Mariä Verkündigung, mit welchem lange Zeit das römisch-christliche Jahr begann, und der 1. Januar, unser jetziger Neujahrstag, spielen auch der 25. Januar, Pauli Bekehrung, der 24. Februar, Mathiastag, der 24. u. 25. April, Georgs- und Marcustag, der 25. Mai, St. Urbanstag, der 25. Juli, Jakobi, der 24. August, Bartholomäi, und der 25. November, St. Katharinentag, sowie der 1. Mai und 1. September, der 22. Februar und 21. September, Laurentii (10. August), Martini (11. November) u. a. eine bedeutende Rolle in den Bauernregeln.

Natürlich können wir uns nicht verhehlen, daß der Aberglaube unsere Altvorderen hierin oft zu weit geführt hat, und daß es albern ist, zu behaupten, es habe Einfluß auf die Witterung des ganzen Jahres, ob der Christtag oder der Neujahrstag auf einen Montag oder Dienstag falle.

Ebenso beruht es auf einem leicht erklärlichen Irrthum, daß man früher glaubte, am 14. Februar, dem Tage des heiligen Valentin, dürfe man keine Hühner setzen, weil sonst die Jungen nicht gediehen oder wegstürben, indem der Name Valentin als fallt hin ausgelegt wurde, und daß man rieth, am 25. März müsse man Bäume pfropfen, wenn sie gut fortkommen sollten, da dieser Tag ehemals als der Tag der Empfängniß unseres Herrn Mariä Bekleibung genannt ward, und das Wort bekleiben im Mittelalter vorzugsweise das Ansetzen und Wachsen der Bäume bezeichnete.

Eine ähnliche Anspielung des Namens veranlaßte die Annahme, es werde sieben Wochen lang regnen, wenn es am Tage der sieben Schläfer (27. Juni) regne, und vierzig Nächte lang frieren, wenn es in der Nacht vom 10. März, dem Tage der vierzig Ritter, friere.

Ueberhaupt ist die Zahl Vierzig in den Wetterregeln stark vertreten, wahrscheinlich weil sie in der biblischen Geschichte so häufig vorkommt. Denn vierzig Tage währte die Fastenzeit Mosis, Eliä und Jesu, die Regenzeit der Sündflut, vierzig Jahre die Wanderungszeit der Israeliten in der Wüste, und da es sich mitunter trifft, daß die vorausgesagte Witterung vierzig Tage anhält, wie es sich bei jeder Prophezeiung ereignen kann, so hat man diese Zahl gläubig angenommen und über die vielen Fälle hinweggesehen, wo der Himmel das Sprichwort Lügen straft.

Dagegen hat es seine Richtigkeit, daß, wenn um Johanni viele Schmetterlinge fliegen, es im nächsten Jahre viele Raupen giebt, und:

Wenn im Hornung die Mücken schwärmen,
Muß man im März die Ohren wärmen,

oder:

Tanzen im Januar die Mucken (Mücken),
Muß der Bauer nach dem Futter gucken,

indem es länger nachzuwintern pflegt, wenn es in diesen beiden Monaten warm ist und nicht friert.

Auch die vielen allgemeingehaltenen Sprüche des Volkes, welche sich auf die Beobachtung einzelner Himmelserscheinungen, Thiere und Pflanzen stützen, stimmen zum großen Theile mit den Erfahrungssätzen der Wissenschaft überein. Nur ist wohl darauf zu achten, daß bei den meisten Bauernregeln, die sich an bestimmte Tage des Jahres knüpfen, der sogenannte alte Kalender zu Grunde liegt, welcher um zwölf Tage von unserer jetzigen Zeitrechnung abweicht, so daß der 1. Januar desselben auf den 13. Januar neuen Styls fällt.

Sollten dessenungeachtet die mancherlei Wahrzeichen von Wind und Wetter, welche das Sprichwort enthält, nicht mit der Wirklichkeit übereinstimmen, so muß man daran denken, daß es mit Recht heißt:

Der Kalendermacher macht den Kalender, und unser Herrgott das Wetter, (d., dä.)[1])

und:

Was kommen wird, kann selbst ein Vogel mit einem langen Hals nicht sehen, sondern nur Gott. (afr.)

Nicht ohne Grund wünscht daher der Walache:

Vor einem Himmelsschlage,
Vor eines Bauern Klage
Und vor des Sultans Verdacht behüte
Dich gnädig Gottes Güte!

und der Deutsche wappnet sich gegen alle Enttäuschung mit den vertrauensvollen Worten:

Wie Gott es fügt,
Daran mir g'nügt.

---

1) Gott macht das Wetter und die Menschen den Kalender. (cz.)
Die Menschen machen die Praktika und Gott das Wetter. (olf.)

Das Wetter des Jahres

und der

Jahreszeiten.

Jahr.

Es ist ein weitverbreiteter Grundsatz:

Mehr bringt das Jahr hervor, als das gutbestellte Feld, (andl.)

oder:

Das Jahr bringt Getreid', und nicht der Acker. (agr.)[1])

Daher die Versicherung des Russen:

In gutem Jahre auch gute Frucht,

und von allen Seiten die ängstliche Besorgniß, ob das Jahr ein gutes oder schlechtes sein werde, wenngleich es heißt:

Ein gutes Jahr ist allzeit willkommen. (isl.)

Die Spanier und Portugiesen warnen zwar:

Sage nichts Schlimmes vom Jahre, bevor es vorüber,

aber dennoch hört man in Deutschland:

Das vorige Jahr war immer besser,

und in Oberitalien nimmt man bei jedem Schaltjahre von vornherein an:

---

1) Das Jahr giebt das Korn, nicht der Acker. (dä.)
Die Ernte hängt mehr vom Jahre ab, als vom Acker. (dä.)
Zeit bringt Korn (Getreid'), und nicht der Acker. (agr., d.)
Zeit macht Heu. (d.)

Schaltjahr
Der-Quer-Jahr, (m., v.)

oder, wie man in Brescia sagt:

Schaltjahr ist keinen Quatrin (Heller) werth,

indem man in der Lombardei so gut, wie in Mittelitalien, glaubt, es werde Alles mißglücken, was man in Schaltjahren pflanzt.

Deshalb räth man in Toscana:

Wann ein Schaltjahr kommt, setz' keine Seidenwürmer und pfropfe nicht;

in Mailand:

Im Schaltjahr pflanz' nicht Weinstöcke, noch pfropfe,

und nur auf der Insel Sicilien ist man der Meinung:

Im Schaltjahr senke und pfropfe.

In der Eifel dagegen behauptet man:

Schaltjahr,
Kaltjahr,

und in Rußland fürchtet man gar:

Sieht St. Kassian (29. Februar) auf's Vieh, so wirft er das Vieh nieder; (sieht er) auf die Bäume, wirft er die Bäume um.

Auch in den Niederlanden hat man den Aberglauben, daß in einem Schaltjahre weder Jungvieh und Geflügel, das man aufziehen will, wie Kälber, Hühner, Enten und Gänse, gedeihen, noch Pfropfreiser fortkommen können, und lebt zugleich der Ansicht:

Im Schaltjahr ändert sich Freitags stets das Wetter,

und in Bergamo herrscht noch immer das Vorurtheil:

Schaltjahr, Mutter oder Kind,

d. h. bei Entbindungen in Schaltjahren stirbt die Wöchnerin oder das Kind.

Von gewöhnlichen Jahren heißt es in Deutschland:

Sonnjahr,
Wonnjahr;[1])
Kothjahr,
Nothjahr;

in Italien:

Grasjahr — Dreckjahr (d. h. Jahr mit Nichts), (m., v.)[2])

oder:

Pilzejahr — Geplagtes Jahr; (t.)[3])

in Spanien:

Frostjahr — Getreidejahr,

und:

Eichelnjahr — Pestjahr;[4])

in England:

Kirschenjahr — Lustig Jahr;
Pflaumenjahr —Stummes Jahr,[5])

und in Frankreich, wie überall:

Schnee-Jahr — Reich Jahr.[6])

---

1) Trockenes Jahr machte noch niemals arm. (frz.)
Trockenes Jahr, Brod überall. (parm.)

2) An de fein, an de rein
(Heujahr — Nichtsjahr), (Pat.)

da man sagt:

Elf Monate haben bald einen Monat Heuernte aufgegessen. (frz.)

3) Viel Pilze, wenig Brod. (cz.)

4) Eichelnjahr — für Alle schweres Jahr. (m.)
Eichelnjahr — krebsartig Jahr. (t.)
Das Jahr, welches zu viel Eicheln erzeugt, ist kein gutes Jahr für die Gesundheit. (frz.)

5) Gut Schleejahr — Schlecht Kornjahr. (sa.)

6) Schneejahr,
Güterjahr, oder: Erntejahr. (sp.)
Ein Schneejahr — Ein reich Jahr. (engl.)
Schneejahr — Fruchtbar Jahr,

In Mailand spricht man wohl auch:

Wehe dem Jahre, in dem die Vögel keinen Schaden thun,

indem man glaubt, das Jahr werde schlecht, in welchem nicht viel Vögel kommen, und in der Picardie versichert man:

Maikäferreiches Jahr,
Getreidereiches Jahr,[1])

aber:

Grande hennetonée,
T'chotte vinée
(Große Maikäferernte,
Kleine Weinernte),

weil, wenn es viel Maikäfer giebt, zwar die Ernte sehr gut, die Weinlese jedoch sehr schlecht ausfallen soll. Da nun der Deutsche annimmt:

Alle sieben Jahr ein Flohjahr,[2])
Alle sieben Jahr ein Raupenjahr,
Alle sieben Jahr ein Käferjahr,

scheint in der Picardie der Wein begünstigter vom Himmel zu sein, als das Getreide. Denn, wenn vom Wein unter den Winzern des Rheinthales die Meinung herrscht:

Ein gutes Weinjahr macht fünf schlechte gut,

so gilt vom Korn in Andalusien das Sprichwort:

Ein gutes Jahr und Zweie schlecht,
Verstehen wir uns recht,

---

oder:

Jahr mit Schnee — Jahr mit Essen und Trinken. (m.)
Schneereich Jahr, fruchtreich Jahr. (sic.)
Schneejahr — Oeljahr. (sic.)

1) Maikäfer, gutes Jahr. (frz.)

2) Viel Flöhe, viel Getreide. (t.)
So viel Flöhe, so viel Korn. (m.)

oder:

Mit dem Korn von einem Jahr, das gut,
Macht man den Schaden von drei schlechten gut.

Indessen, wie der Mailänder mit Recht bemerkt:

Das Jahr wirkt mit dem, was es hat,

und zu einem guten Jahre gehören daher je nach den Ländern mehr oder weniger Monate, deren Witterungsverhältnisse dem Bedürfniß des Bodens entsprechen müssen.

Die Dänen sagen:

Trockener März, nasser April und kalter Mai füllen des Bauern Scheuer;[1])

die Deutschen:

März trocken, April naß,
Mai lustig von Beiden was,
Bringt Korn in'n Sack und Wein in's Faß,

oder:

Windiger und dürrer März, nasser April,
Mai windig und zwischen Beiden,
Macht gutes Jahr und Weiden;[2])

die Franzosen:

März grau, April mit Regen und windiger Mai,
Machen das Jahr fruchtbar und reich,

oder:

---

1) Trockener März, nasser April, kühler Mai,
Füllt Scheuer, Keller (Hrz.: Keller und Scheuer) und bringt viel Heu, (d., engl.)

oder:

Füllet Keller, Kasten, macht viel Heu. (d.)

Druckener März, nasser Abrill un kühler Mai
Fillt Schyr un Keller un gidd (giebt) viel Heu. (elſ.)

Drögen März, natte April un kole Mai
Füllt Schür un Keller un gift (giebt) got (gut) Hau. (plattd.)

2) März Pake (Thau), April Nate (Näſſe), Mai van (von) Beiden,
Giwt (Giebt) gudde (gute) Hau (Hut) un (und) Weiden. (wstphl.)

Thau im Mai, Graupeln im März und reichlicher Regen im Monat April machen den Landmann zufriedener, als ihn 500 Thaler machen würden;

die Portugiesen:

Januar kalt,
Februar mit Schnee,
März feucht,
April mit Regen,
Mai mit Wind
Machen das Jahr schön,

und die Italiener:

Große Kälte im Januar,
Schlechtes Wetter im Februar,
Wind im März,
Linde Regen im April,
Thau im Mai,
Gutes Mähen im Juni,
Gutes Dreschen im Juli,
Drei Regen im August bei gutem Wetter
Sind mehr werth, als die Ochsen und der Wagen des Königs Salomon.[1])

Die Deutschen und Franzosen glauben sogar aus zwei Monaten, die Basken selbst aus einem Monat ein gutes Jahr prophezeien zu können, indem die Ersteren sagen:

Der Mai kühl, der Brachmonat nicht naß,
Füllet dem Landmann Speicher, Keller, Kasten und Faß, (Pf.)

und die Franzosen versichern:

April mit Regen, Mai heiter und mit Wind
Die Boten eines reichen und angenehmen Jahres sind,

---

1) Die Kälte im Januar, das schlechte Wetter im Februar, die großen Winde im März, die linden Regen im April, der Thau im Mai, der gute Schnitt im Juni, das gute Dreschen im Juli nebst den drei Regen von Toni (13. Juni), Peter (29. Juni) und Jakob (25. Juli), und im August das gute Wetter, ist mehr werth, als Salomonis Wagen und Ochsen von Gold. (v.)

die Basken aber erklären:

Mai kühl, lustiges Jahr.

Die Spanier haben zwar das Sprichwort:

Winter mit Sonne, Sommer der fegt (d. h. der die Scheuern füllt),

behaupten jedoch dessenungeachtet:

Auf einen regnerischen Winter (folgt) ein fruchtbarer Sommer.

In Oberitalien dagegen heißt es ganz entschieden:

Winter trocken, Frucht im Sommer,

und die Venetianer setzen erläuternd hinzu:

Will man eine schöne Ernte sehen, muß der Winter (vor Kälte) umkommen.[1])

Die Franzosen sprechen ebenfalls:

Wenn im Winter Sommer, und im Sommer Winter, gab es nie ein gutes Jahr,[2])

Ol frec de Zenér, ol mal tep de Febrér,
I ventù de Marz, le pioisine d'Avril,
Ol sguas de Mas, ol bu racolt de Zögn,
Ol bat de Löi e i Sanc aquaröi
Tone, Piero e Jacom
E d'Agost la buna stagiù
I val piö del trono del re Salomù. (b.)

(Die Kälte im Januar, das schlechte Wetter im Februar, die Winde vom März, die Regenschauer im April, der Thau im Mai, die gute Ernte im Juni, das Dreschen im Juli und die Regen der Heiligen Anton, Peter u. Jakob und im August das gute Wetter sind mehr werth, als der Thron des Königs Salomon.)

1) Nie fehlte eine gute Ernte, wenn der Winter (an der Kälte) gestorben. (m.)

2) Wenn im Sommer Winter ist, und im Winter Sommer, (ist) niemals ein gutes Jahr. (sp.)

Wenn der Winter im Sommer ist, und der Sommer ist im Winter, so wirst du nichts wohlfeil haben. (t.)

und in Mailand sagt man:

Wenn der Winter schön und der Sommer kalt, steht keine große Ernte zu hoffen,[1])

denn:

Wenn es nicht wintert, so sommert es nicht, (Eif.)

und:

Schlechter Winter macht schlechten Sommer. (m., v.)

Daher meint auch der Bergamasker weise:

Es ist besser Hitze im Sommer, als im Winter Hunger leiden,

und der Venetianer folgert richtig:

Kühle im Sommer macht Bauchweh im Winter.[2])

Die Engländer sind der Ansicht:

Winterdonner und Sommerflut
Verkünden dem Engländer nie, was gut,

oder:

Donner im Winter, Verwunderung im Sommer,

und die Deutschen glauben:

Früher Donner, später Hunger.

Wenn der Winter es macht, wie der Sommer, und der Sommer es macht, wie der Winter, so haben wir eine wahre Hölle zu erwarten. (b.)

1) Dagegen:

Heiterer Winter und guter Regen im Sommer haben nie Krankheit, noch Hunger gebracht, (m.)

und:

Heiße Sommer und kalte Winter bringen keine böse Zeit. (b.)

2) Die Kühle im Sommer macht den Körper im Winter leiden. (t.)

Die Kühle im Sommer nimmt das Getreide im Winter. (sic.)

Kühle im Sommer, Qual im Winter,

oder:

Die Kühle im Sommer macht Jedem Schmerzen im Winter. (b.)

Jahreszeiten.

Nach einem alten Reimspruch, den wir vielfach wiederfinden:

St. Clemens (23. Nov.) uns den Winter bringt,
St. Petri Stuhl (22. Feb.) dem Frühling winkt,
Den Sommer bringt uns St. Urban (25. Mai),
Der Herbst fängt um Bartholomäi (24. Aug.) an, (d.)

oder:

St. Clemens will uns den Winter verleihen,
St. Peter will uns das Frühjahr einweihen,
Den Sommer bringt St. Urban an,
Den Herbst aber St. Symphorian (22. Aug.), (dä.) [1])

beginnt zwar das Frühjahr schon am 22. Februar, aber in Italien pflegt man vorzugsweise den Gesang der Amsel als das Ende des Winters zu bezeichnen, und die Tag- und Nachtgleiche, welche den eigentlichen Frühlingsanfang ausmacht, wie in Frankreich nach der Aprikosenblüte zu bestimmen, weshalb es heißt:

---

1) Peter's Stuhlfeier hebt ihn an,
Und gehet aus auf St. Urban.
Urban den Sommer send't,
Symphor behält das End'.
Symphor den Herbst anhebt,
Clemens am Ende schwebt.
Clemens der Winter gefällt,
Peter wird an's End' gestellt. (d., cz.)

Wenn die Amsel singt, sind wir aus dem Winter, (v.)

und:

Wenn die Aprikosen blühen, sind Tag und Nacht von einem Inhalt. (t., frz.)

Auf der Insel Sardinien hat man die Pfirsichen gewählt, um die Tag- und Nachtgleichen angeben zu können, indem man spricht:

Pessighe coctu et pessighe fioridu, die quant' et nocte (Pfirsiche reif und Pfirsiche in Blüte, Tag soviel als Nacht).

oder:

Wann die Pfirsiche reif sind, so lang der Tag ist, wie die Nacht ist;
Wann die Pfirsiche in Blüte sind, so lang die Nacht ist, wie der Tag ist,

und in Venedig hat man in ähnlicher Weise den Reim:

Der Wein befestigt und losgemacht,
Sind gleich einander Tag und Nacht,

weil man in der Regel am 21. März die Weinstöcke an den Pfählen befestigt, und sie am 21. September wieder losmacht.

Die Deutschen halten die Ankunft der Schwalben, des Kukuks und der Störche für das sichere Anzeichen des Frühlings, obgleich schon ein altgriechisches Sprichwort, welches sich in allen europäischen Sprachen eingebürgert hat, warnt:

Eine Schwalbe macht keinen Frühling, [1])

und zwar nehmen sie an:

Zu Pauli Bekehr (25. Januar)
Kommt der Storch wieder her,

---

1) Siehe Das Sprichwort als Kosmopolit, Bd. II, 46.

und:

Um Petri Stuhlfeier (22. Febr.) sucht der Storch sein Nest, Kommt von Schwalben der Rest.

Auch glauben sie:

Schreit der Kukuk viel im März, klappert der Storch und zieht die wilde Gans in's Land, so giebt's einen guten Frühling,

und:

Wenn die Grasmücke singt, ehe der Weinstock sproßt, verkündigt sie ein gutes Jahr.

In Böhmen heißt es ebenfalls:

Wenn die Schwalbe fliegt, ist's ein Zeichen des Frühjahrs,

und die Polen lassen sie singen:

Es waren hier Schober die Menge, jetzt sind keine mehr da, [1])

während bei den Kleinrussen mit dem ersten Frühjahrswerden eine Meisenart erscheint, welche dem Bauer zuruft:

Wirf den Schlitten fort und nimm den Wagen!

denn:

Alles hat seine Zeit, (frz.)

und:

Den Winter frißt das Frühjahr auf, den Sommer der Herbst. (m.)

In Galizien sagt man:

Das Frühjahr (ist) uns Vater und Mutter, wer nicht aussäet, wird nicht ernten, [2])

---

1) Wie wir fort sind, sind die Kisten, Kasten voll gewesen, Wie wir kommen sind, sind die Kisten, Kasten leer gewesen. (tyr.)

2) Wer im Frühjahr nicht säet, wird im Spätjahr nicht ernten. (d.)

Leute, welche die Ruhe lieben zur Zeit der Aussaat, werden hungern zur Zeit der Ernte und im Mangel sterben. (äth.)

und die Russen versichern:

Ein schönes Frühjahr kommt Allen recht,

obwohl sie mit Bezug auf die Feldarbeiten hinzufügen:

Das Frühjahr schön, der Sommer Plagezeit,

da einem schönen Frühjahr eine ergiebige Ernte folgen soll.

Die Venetianer sehen deshalb ein spätes Frühjahr nicht ungern, weil sie behaupten:

Spätes Frühjahr trügt nie,

bei zeitigem Frühjahr aber einen Nachwinter fürchten, und sprechen nun auch die Araber:

Kälte im Frühjahr vermehrt die Rosen,

so ist doch dieselbe dermaßen empfindlich, daß man auf der Insel Sardinien sagt:

Kälte im Frühling macht den Esel zittern.

Um so erwünschter ist Frühlingsregen, von dem die Franzosen erklären:

Niemals galt Frühlingsregen für schlechtes Wetter,

denn:

Frühlingsregen dämpft, Herbstregen macht naß, (r.)

und:

(Was) im Frühjahr und Sommer vierundzwanzig Stunden nässen, trocknet eine Stunde, (r.)

oder:

Im Frühjahr ein Zuber Regen — ein Löffel Koth;
Im Herbst ein Löffel Regen — ein Zuber Koth. (cz.)

Wenn die Eichen schon im Mai Blätter haben, so erwartet man einen schönen, fruchtbaren Sommer und gute Weinlese, und wenn die Kirschen gut verblühen, so soll auch der Roggen gut blühen, (d.)

denn:

Wie das Wetter ist in der Kirschenblüt',
So ist es auch, wenn der Roggen blüht. (Mrk.)

Nur darf, nach der Meinung der Bewohner der Grafschaft Mark, die Kirschenblüte nicht in den Neumond fallen, weil sie denken:

Wenn der Kirschbaum zwischen zwei Lichtern blüht, giebt es keine Kirschen,

und bei der Roggenblüte hält man in der Eifel windstilles Wetter für schädlich, weshalb man spricht:

Wenn die Kornhalme in der Blüte sind,
So ist gut für sie der Wind.

Blüht der Schlehdorn vor dem 1. Mai, so wird der Roggen vor oder zu Jakobi (25. Juli) reif, und man darf auf schönes Wetter zur Heuernte hoffen. Je später aber der Schlehdorn nach dem 1. Mai blüht, um so schlimmer sieht's mit der Heu- und Kornernte aus.

Wird die Rohrdommel zeitig gehört, so hofft man auf gute Ernte, und liegt der Froschlaich im Frühjahr im tiefen Wasser, so folgt ein trockner, warmer Sommer; liegt er aber am Ufer, oder nur wenig im Wasser, so kommt ein nasser Sommer. (d.)

Nun ruft zwar der Venetianer vom Regen im Sommer aus:

Sommerregen, glücklich die (Felder), die ihn bekommen!

weil es heißt:

Sommerregen trifft nur eine Gegend. (v.) [1])

und der Araber giebt den Trost:

Der Regen macht wieder gut, was er verdorben,

aber dessenungeachtet sieht der Russe viel Regen im Sommer nicht gern, indem er sagt:

---

1) Im Winter regnet's überall, im Sommer nur da, wo Gott es will. (frz.)

Im Sommer und im Winter regnet es, wann Gott will. (ba.)

Regnerischer Sommer ist schlimmer, als Herbst,

und natürlicher Weise wünscht, der Sommer möge recht schön sein, damit das Sprichwort eintreffe:

Die Menschen erfreuen sich am Sommer, die Bienen an der Blume.

Freilich muß er eingestehen:

Reich ausgestattet hat Gott den Sommer mit Fliegen und den Winter mit Fröſten.[1])

und kann dem Esthen nicht Unrecht geben, wenn derselbe klagt:

Sommer und Winter zanken immer,

indessen, wie der Bergamasker spricht:

Wer vom Sommer übel reden kann, beim Körper der Diana, der sagt auch Schlechtes von der allerheiligsten Jungfrau,

denn:

Die Vollendung des Frühjahrs ist im Sommer; (ar.)

Der Sommer macht den Winter vergessen, (frz.)

und:

Der Sommer ist der Vater der Armen. (m.)[2])

Im Sommer ist überall Behausung, (it.)[3])

weshalb es auch heißt:

Im Sommer giebt's mehr Diebe, als Fliegen, (m.)

da die Diebe überall sich leicht verstecken und, wie die Schweden sagen, die Nacht

---

1) Fliegen und Freunde kommen im Sommer. (d., dä.)

2) Der Sommer ist besser für den Armen, als der Winter. (malt.)

3) Im Sommer bleibt man überall. (m.)

Im Sommer ist Obdach (Dach, Schutz, der Kachelofen) unter jedem Busch. (dä.)

unter barem Himmel

zubringen können, und:

Im Sommer giebt's überall Bissen. (t.) [1])

Im Sommer giebt jede Ziege Milch, im Winter nicht einmal jede gute Kuh, (l.)

und:

Sobald der Kukuk ruft, überall Padroni (d. h. der Arbeiter findet überall Anstellung). (b.) [2])

Darum sagt man auch:

Der Sommer (ist) Bewahrer, der Winter Verzehrer, (r.) [3])

oder:

Der Sommer giebt Korn,
Der Herbst leert sein Horn (giebt Wein);
Der Winter verzehrt,
Was die Beiden bescheert. (b.)

Aber freilich darf man nicht den Worten der Bergamasker Gehör geben:

Wenn es Sommer ist, ruht man gern immer,

sondern muß daran denken:

Wer bei der Hitze im Schatten steht, wird im Winter leiden. (v.) [4])

das heißt:

Wer in der heißen Zeit nicht arbeitet, wird in der kalten Zeit leiden, (sic.)

---

1) Wer Hunger hat in Sommerszeit, findet überall zu essen. (m.)

2) Wenn die Ohreule singt, kann wer einen schlechten Padron (Herrn) hat, ihn wechseln. (sic.)

3) Der Sommer ist ein Nährer,
Der Winter ein Verzehrer. (d.)
Der Sommer nährt, der Winter verthut. (dä.)

4) Wer im Sommer will im Kühlen steh'n,
Wird auch im Winter darin steh'n. (m.)

oder:

Wer im Sommer nicht arbeitet, muß im Winter Hunger leiden. (d.) [1])

Denn:

Es kommt die Zeit, daß der Winter frägt, was du im Sommer gemacht; (cz.) [2])

Was man im Sommer vergeudet, entbehrt man oft im Winter, (dä.) [3])

und:

Der Winter hat einen großen Bauch. (olf.)

Allerdings ist noch der Herbst zuvor:

Jedem Frühjahr folgt ein Herbst, (perf.)

und giebt es besonders viel Disteln von der großköpfigen Sorte, so verheißt dies einen schönen Herbst, und nach dem Sprichwort der Pfälzer:

---

1) Wer im Sommer nicht arbeitet, saugt im Winter an den Nägeln. (b.)

Wer im Sommer nicht erntet, der muß im Winter darben. (Hrz.)

Wer im Heumonat nicht gabelt,
Im Kornschnitt' nicht zabelt,
Im Herbst nicht früh aufsteht,
Mag seh'n, wie es ihm im Winter geht. (Eif.)

Wer nicht geht mit dem Rechen,
Wenn die Fliegen und Bremsen stechen,
Muß im Winter geh'n mit dem Strohseil
Und fragen: hat Niemand Heu feil? (Pf.)

2) Der Winter frägt, was der Sommer hervorgebracht. (dä.)

Der Winter möchte fragen, wo der Sommer gewesen. (kro.)

Der Winter frägt ein Mal, ob du im Sommer Wirthschafter gewesen. (p.)

3) Wer im Sommer die Kleider verreißt, muß im Winter frieren, (d.) wogegen serbisch:

Was der Winter zerreißt, sieht der Sommer nicht.

Ist der Herbst warm, hell und klar,
So ist zu hoffen ein fruchtbar Jahr,

auch ein reiches Jahr, aber darum kommt der Winter nicht minder. Mit Recht sprechen die Franzosen:

Der Winter ist kein Bastard, kommt er nicht bald, so kommt er spät, [1])

und die Sardinier:

Der Winter bleibt nicht am Himmel stehen, [2])

das heißt, man muß ihn durchmachen und aushalten, obgleich ein Reim der Venetianer lautet:

Inverno,
Inferno
(Winter — Hölle). (g. ä. b.)

Denn wenn auch die Lombarden versichern:

Gut Feuer, gut Brod und guter Wein,
Wenn es schnei'n will, laß es schnei'n,

und die Franzosen behaupten:

Der Winter ist nie da, wo es was giebt,

um dadurch zu bezeichnen, daß man den Winter nicht empfindet, so heißt es doch:

Der Winter ist hart, auch wenn der Lebensbedarf da ist; (ar.)

Der Winter thut mehr Uebles, als der Sommer Gutes; (frz.)

Der Winter ist ein unwerther Gast für alte Leute, (d.)

und:

---

1) Der Winter ist in einem Quersack: ist er nicht an einem Ende, ist er an dem andern. (nor.)

Sommer kommt mit raschem Sprunge,
Aber Winter kommt mit Gähnen (fin.)

2) Winter fault niemals am Himmel. (engl.)

Weder Wärme, noch Kälte bleibt am Himmel. (it.)

Wer einen Wintertag verlebt, hat einen Todfeind weniger. (frz.)

Sogar:

Ein schöner Wintertag macht keinen lustigen Vogel, (d.) [1])

weshalb der Spanier warnt:

Glaube nicht an einen klaren Winter, noch an einen Sommer voller Wolken.

Auch sagt der Deutsche, wie der Brescianer:

Es hat noch kein Wolf einen Winter gefressen,

um auszudrücken, daß jeder Winter Kälte bringt, und wenngleich der Russe spricht:

In der Winterkälte (wird) Jeder jung,

weil er sich rascher bewegt, so ist dieselbe doch oft so heftig, daß es im Arabischen heißt:

Das Feuer ist die Frucht des Winters,

und im Toscanischen lautet:

Der Frost vereinigt alle Lappen, [2])

indem man meint, Alles sei gut, um sich damit vor der Kälte zu schützen.

Deshalb giebt auch der Spanier den Rath:

Weder im Winter ohne Mantel, noch im Sommer ohne Calebasse (Kürbisflasche); [3])

der Perser erklärt:

Im Winter ist Feuer besser, als eine Muskatenrose, [4])

und der Waadtländer ruft mit stillem Neide aus:

---

1) Um eines schönen Wintertages willen freut sich kein Vogel. (frz.)

2) Im Winter sind alle Lappen gut. (l.)

3) Weder im Winter, noch im Sommer lasse man je den Mantel zu Haus. (v.)

4) Ein gutes Feuer ist besser, als ein köstliches Mahl. (pers.)

Glücklich das Land, wo die Wolken wintern,

das heißt, durch ihren Aufenthalt die Kälte mildern.

Es fragt sich nur, wann der Winter anfängt, wie er auftritt, und ob er lange dauert.

In Hindostan pflegt man zu sagen:

Coar (Sept.—Okt.) fängt nur die Kälte an,
Cartic (Okt.—Nov.) endet, eh' es kaum begann.
Ughun (Nov.—Dec.) läßt eben das Wasser kochen, [1])
Poos (Dec.—Jan.) sicht uns in'n Winkel gekrochen.
Magh (Jan.—Feb.) wächst allmählig nur in kleinen Graden,
Doch im P'hagoon strecken wir aus die Beine, [2])
Mit Cheyt (März—Apr.) erwachet die Natur,
Und wer da schmutzig, wäscht sich reine.

In Deutschland heißt es:

Später Winter, spätes Frühjahr,

und:

Wenn's im Sommer warm ist, so ist's im Winter kalt.

Wenn Birken und Weiden ihr Laub oben im Wipfel lange grün behalten, während dasselbe unten früh abfällt, so soll das auf zeitigen Winter und gutes Frühjahr deuten.

Wenn sich die Schnecken früh deckeln, so giebt's einen frühen Winter.

Fällt das Laub zeitig von den Bäumen, so ist ein schöner Herbst und gelinder Winter zu erwarten; bleibt es aber bis in den November hinein sitzen, so steht ein langer Winter bevor. [3])

Späte Rosen im Garten sollen ebenfalls einen schönen Herbst und milden Winter anzeigen; Baumblätter spät im Herbst dagegen kein günstiges Jahr verkünden.

---

1) Ughun ist Wasser am Feuer (hd.), d. h. der Tag, noch kürzer wie im Cartic, ist hin, ehe Wasser kochend wird.

2) Wenn im P'hagoon (Feb.—März) der Mond zunimmt, streckt man die Kniee aus (hd.), d. h. man liegt nicht mehr so zusammengekrümmt vor Kälte, wie im Poos.

3) Je länger die Blätter an den Bäumen sitzen, um so strenger wird der Winter. (p.)

Sitzen die Birnen fest am Stiel,
Bringt der Winter Kälte viel.'

Wenn in der Roggen-Stoppel viel Kilttick und Haddick (ein der Rapssaat ähnliches Unkraut) blüht, oder wenn eine reiche Hopfenernte gewesen ist, soll in der Regel ein strenger Winter folgen.

Die Fischer am Rheine wollen bemerkt haben, daß, wenn die Hechtsleber nach dem Gallenbläschen zu breit, nach vorn zu aber spitzig sei, jedesmal ein harter, langer Winter komme, und in der Grafschaft Mark behauptet man:

Wenn der Hase im Herbst einen ungewöhnlich dicken Pelz hat, dann giebt es einen harten Winter.

Die Tyroler glauben:

Wenn die Mäuse im Herbste hoch aufwerfen, kommt ein schwerer Winter,

und die Czechen pflegen zu sagen:

Je mehr Schwamm wächst, je stärker wächst der Winter.

Höhenrauch im Sommer ist ebenfalls als Vorbote eines strengen Winters anzusehen, und auf einen warmen Herbst soll meist ein langer Nachwinter folgen.

Dagegen deuten viele Nebel im Herbst auf einen schneereichen Winter, und:

Gut ist der Schnee, der zur Zeit kommt. (sp.)

Denn:

Schnee düngt die Felder, (v.)[1])

wenngleich ein anderes Sprichwort der Venetianer lautet:

---

1) Die weiße Gans (Schnee) brütet gut. (dä.)
Eine gute Decke von Schnee
Bringt das Winterkorn in die Höh'. (d.)

Schnee ist eine Woche lang Mutter, dann Stiefmutter und zuletzt Grind; [1])

Schnee ist für die Saaten, was die Betten für den Menschen sind, (dä.)

oder:

Der Schnee ist für das Korn eine Wohlthat, wie der Pelz für die guten Greise; (frz.) [2])

Unter dem Schnee ist's Mehl, (l.) [3])

und:

Große Schneemassen, große Kornmassen, (v.)

obwohl die Deutschen sagen:

Viel Schnee, viel Heu, aber wenig Korn und Hafern, [Veesen (Dinkel, Spelt), Fasern (Gartenfrüchte)].

Tritt nach Schneefall Kälte und klares Wetter ein, was die Esthen mit dem poetischen Ausdruck:

Des Sommers Augen, des Winters Zähne, [4])

bezeichnen, folgt anhaltende Kälte, oder noch mehr Schnee:

Fällt die Sonne auf den Schnee,
Schnee, und Schnee und wieder Schnee; (v.)

schmilzt aber der Schnee, was nach dem Ausspruch der Dänen:

Wenn es regnet, verdirbt der beste Schnee, [5])

früher oder später geschehen muß, so heißt es:

---

1) Acht Tage lang dient der Schnee der Erde als Mutter; bleibt er länger, vertritt er die Stiefmutter. (ba.)

2) Das Korn ruht unter dem Schnee, wie der Greis unter dem Pelze. (sp.)

Dem Korn ist eben so behaglich unter dem Schnee, wie dem Greise unter dem Pelze. (r.)

3) Unter Wasser der Hunger, unter Schnee das Brod. (t.)

4) Zähniger Sonnenschein, oder: Zähnig warm. (ma.)

5) Wenn's regnet, ist Hagel und Schnee verdorben. (d.)

Der Schnee läßt nie Eis zurück. (t., v.)

In Deutschland behauptet man:

Kleiner Schnee, große Wasser;
Großer Schnee, kleine Wasser,[1])

indem man annimmt:

Schneit es fein und klein, kann man große, anhaltende Kälte, schneit es mit großen und breiten Flocken, mäßige Kälte erwarten,

setzt aber hinzu:

Fällt der erste Schnee in'n Dreck,
Wird der Winter ein Geck.[2])

Dessenungeachtet versichert man in der Eifel:

Bis die Höhlen drei Mal mit Schnee gefüllet sind,
Weht immer noch der Winterwind,

und in Norddeutschland glaubt man:

Wenn die Bäume zwei Mal blühen,
Wird sich der Winter bis Mai hinziehen.

Wenn die Forellen früh laichen, soll es ebenfalls viel Schnee geben, und die Russen sprechen:

Der Schwan trägt den Schnee auf dem Schnabel,

oder:

Der Schwan fliegt zum Schnee, die Gans zum Regen.

Gute Schlittenbahn ist der Pferde Tod, (cz.)

oder, wie man in Galizien sagt:

Schlittenbahn, Engelsfahrt, aber teuflisches Ende.

denn:

Wenn der Schnee schmilzt, kommt Koth zum Vorschein. (ar.)

---

1) Großer Schnee, kleines Wasser. (cz.)

2) Wenn es schneit in den Dreck,
So friert es, daß es bäckt. (d.)
Wenn es friert in den Dreck,
Ist der Winter ein Geck. (d.)

Himmel und Gestirne.

Es heißt zwar:

Schöne Tage soll man Abends loben, und schöne Frauen Morgens. (d.)

aber die Dänen behaupten:

Jenachdem es am Morgen taget, bleibt es ein schöner Tag,

und die Italiener versichern:

Den guten Abend erkennt man am Morgen.[1])

Allerdings sagen die Spanier:

Sonne früh Morgens dauert keinen ganzen Tag,

und die Toscaner gestehen ein:

Heller Morgen hat oft trüben Abend,

indessen fast überall spricht man:

Grauer Morgen, schöner Tag, (d., dä., schw.)[2])

oder:

---

1) Der Tag wird bei seinem Anbruch erkannt (d. h., ob er schön oder nicht schön sein wird). (tü.)

Den guten Tag erkennt man am Morgen. (Hrzg.)

Der Tag erscheint vom Morgen an. (malt.)

2) Rother und brauner Morgen,
Ist des Wand'rers Wunsch und Sorgen. (d.)

Der Morgen grau, der Abend roth,
Ist ein guter Wetterbot', (d.)[1])

und:

Morgenroth,
Abendroth, (tyr.)[2])

denn:

Abendroth und Morgenroth ist nicht dasselbe. (dä.)

Schon Christus sagte:

Des Abends sagt Ihr: es wird ein schöner Tag werden, denn der Himmel ist roth; und des Morgens sprecht Ihr: es wird heut' Ungewitter werden, denn der Himmel ist roth,

und noch jetzt gilt als Regel:

Abendroth, schöne Zeit;
Morgenroth schlecht Wetter bedeut't. (tyr.)

Abends roth, ist Morgens gut,
Morgens roth, thut selten gut. (Eif.)

---

1) Der Abend roth, der Morgen grau,
Bringt das schönste Tagesblau. (d.)

Am Abend roth, und weiß am Morgen,
So ist des Pilgers Weg geborgen. (frz.)

Roth' Abend- und weiße Morgenröth'
Macht, daß der Wand'rer freudig geht. (d.)

Der Abend roth und Morgen grau, ist das Zeichen eines schönen Tages. (engl.)

Das Abendroth sagt: mach' dein Pferd zurecht;
Das Morgenroth sagt: hol' es aus dem Felde. (malt.)

Bei Abendroth hofft man auf gutes Wetter,
Bei weißem Morgen ist es unterwegs. (l.)

Rother Abend und schwarzer Morgen
Nimmt dem Wanderer die Sorgen. (it.)

2) Morgenroth
Mit Regen droht. (d.)

Der Morgen brennt, der Abend löscht. (cz.)

Roth am Morgen, ist der Regen nah. (v.)

Tagesanbruch roth, entweder Wind, oder Regen. (v.)

Morgen roth, entweder Wind, oder Regen. (sp.)

Abendroth,
Gut Wetter bot;
Morgenroth,
Bringt Wind und Koth. (d.)

Bei rothen Abendwolken ist gutes Wetter nicht fern,
Nach rothen Morgenwolken bläst oder stäubt es gern. (v.)

Abendroth is got,
Man Mörgenroth gift Water in'n Slot (plattd.)
(Abendroth ist gut, aber Morgenroth giebt Wasser in den Graben),

oder, wie es in der Grafschaft Mark heißt:

Morgenroth, das füllt den Brunnen,
Abendroth, das trocknet den Brunnen,

und:

Morgenröthe giebt Abendregen,
Aber Abendröthe giebt morgen Segen. (dä.)

Darum spricht man:

Abendroth
Bringt gut Morgenbrot,

oder:

Abendroth,
Gutwetterbrot; (d.)

Abendroth giebt Morgensüße, (dä.)

und:

Abendroth, Abendroth, morgen schönes Wetter! (plattd.)

Nur die Czechen glauben in einigen Gegenden:

Morgenroth Klarheit,
Abendroth auf Regen deut't,

und:

Morgenroth verkündet Regen, Abendroth Wind.

Die Italiener dagegen nehmen an:

Geht unter die Sonne in rothem Licht,
So regnet den Tag darauf es nicht, [1])

---

1) Orangefarbener Untergang ist Hoffnung auf gutes Wetter. (v.)
Roth am Abend läßt am nächsten Tage schönen Himmel sehen. (frz.)

und:

Steigt die Sonne klar herauf,
Bleibt es gutes Wetter d'rauf,

sind aber zweifelhaft darüber, ob es ein gutes oder schlimmes Zeichen sei, wenn man nach dem Untergang der Sonne das Bild derselben nochmals in den Wolken abgespiegelt erblickt, indem es heißt:

Kehrt die Sonne noch einmal zurück, ist schön der nächste Tag,

und:

Wendet sich die Sonne um, Wasser fußhoch.

Aehnliche Wirkung, wie das Abend- und Morgenroth, soll auch der **Regenbogen** haben,[1] je nach der Himmelsgegend, in welcher er sich zeigt, und man behauptet daher:

Regenbogen am Morgen
Macht dem Schäfer Sorgen;
Regenbogen am Abend
Ist dem Schäfer labend.[2] (d.)

Ist ein Regenbogen im Abend, wird es regnen und aufhören: ist aber ein Regenbogen im Morgen, wird es weder leihen, noch borgen (d. h. gutes Wetter). (engl.)

---

1) Interessant sind einige Namen des Regenbogens beim Volke. Altnordisch hieß er: Asbrû, Götterbrücke, oder Bifröst, lebende Strecke; lit. heißt er: Gürtel der Laima oder Lauma, Wetterruthe und Himmelsbogen; catalonisch: Bogen des hl. Martin; in Lothringen: Riemen des hl. Leonhard oder Krone des hl. Bernhard; in Baiern: Himmels- oder Sonnenring; fin.: himmlischer Bogen; slov.: Götterstühlchen; serb., p. und cz.: Daube (d. h. Faßdaube) am Himmel, oder auch blos Daube; lett.: mächtige Buche, und kr.: gestreifte Kuh.

2) Ein Regenbogen im Morgen
Ist des Schäfers Warnung;
Ein Regenbogen im Abend
Ist des Schäfers Lust. (engl.)

Regenbogen im Morgen, naht das schlechte Wetter;
Regenbogen im Abend, hofft man gutes Wetter. (b., v.)[1])

Regenbogen im Morgen, Wasser mit Wannen;
Regenbogen im Abend, Wärme mit Pfannen. (corf.)

Regenbogen im Osten
Rührt Regen auf geschwind;
Siehst du ihn aber im Westen,
Schließt er die Schleus' und bringet Wind. (andl.)

Bei Innsbruck glaubt man:

Zeigt sich ein Regenbogen, wird für den Augenblick schönes Wetter, bald regnet's aber nach „Ungnaden;"

im Pitzthal dagegen:

Wenn der Regenbogen „über's Wasser" geht, bleibt lange schlechtes Wetter,

und im Venetianischen hat man das Vorurtheil:

Wenn im Regenbogen das Roth überwiegt, giebt's wenig Getreide und viel Wein; wenn das Grün und das Gelb, so giebt's viel Oel und wenig Wein.

Der größte Einfluß auf das Wetter wird jedoch dem Monde zugeschrieben mit seinen Wechseln.

Der Mond vertreibt die Wolken,[2])

heißt's im Venetianischen;

Wenn die Mondhörner zwischen Neumond und erstem Viertel klar, spitz und deutlich erscheinen, deutet's auf gutes Wetter; erscheinen sie trüb' und stumpf, hat man schlechtes, veränderliches Wetter zu erwarten,

im Deutschen, und:

---

1) Regenbogen im Morgen, füllt die Mühle; Regenbogen im Abend, wird das Wetter heiter. (t.)

Regenbogen am Morgen, Regen ohne Ende,
Regenbogen am Abend, muß man sehen. (frz.)

2) Der Mond ißt die Wolken. (frz.)

Blasser Mond bringt Regen; rother, Wind, und weißer, helles klares Wetter,[1])

im Serbischen.

Will das Wetter durchaus nicht stehen,
Wird's am Neu- oder Vollmond geschehen;

Neumond mit Wind
Ist zu Regen und Schnee gesinnt; (d.)

Mondanfang an Mittwoch soll viel Regen und Gewitter bringen, weshalb der Bergamasker spricht:

Mond an Mittwoch, Ruin für dich und mich,

und:

Ist der Mond am vierten Tage schön und klar, so bedeutet es schönes Wetter; ist er bewölkt, Regen, und ist er am sechsten Tag sehr feurig, Sturm und Unwetter. (vl.)

Namentlich aber ein Hof oder Ring um den Mond gilt allgemein als ein sicheres Zeichen von nahendem Regen.

Das Möndchen hat 'nen Brunnen,

sagen die Czechen;

Wenn der Mond den Ring hat, will es regnen,[2])

die Italiener, und die Venetianer setzen hinzu:

Ring nahe, Regen noch fern; aber Ring weit, Regen nahe,

indem, je größer der Ring ist, desto näher die Wolken sind, welche sich um so leichter in Regen auflösen können.

---

1) Bleicher Mond regnet, rother weht, und weißer klärt. (lat.)
Bleicher Mond kündigt Regen an, roth weissagt er Wind, und glänzend verspricht er schönes Wetter. (frz.)

2) Wenn ein Ring um den Mond ist, ist's ein Zeichen von Regen (pers.)
Mond mit Ring, Wasser mit Eimern. (m.)

Ein Hof oder Ring um die Sonne deutet ebenfalls auf Regen und Wind, mitunter auch wohl auf anhaltende Trockenheit, obwohl die Mailänder versichern:

Ring um den Mond und die Gestirne, bleibt das Wetter nicht mehr schön,

und es im Plattdeutschen heißt:

Hof um den Mond, das soll wohl geh'n, aber Hof um die Sonne, da schreit des Schiffers Weib,

um dadurch auszudrücken, daß große Stürme folgen, und von den Finsternissen behaupten die Bergamasker:

Verfinsterungen der Sonne oder des Mondes bringen Kälte und niemals Glück.

Wenn die Milchstraße gut steht, bleibt das Wetter auch gut; (Mrk.)[1])

Wenn die Sterne sich putzen, wird der ganze Himmel rein, (cz.)

und:

Wenn die Sterne schön glänzen und zittern, kommt Wind, aber schöne Abende. (v.)[2])

---

1) Die volksthümlichen Namen der Milchstraße sind nicht minder eigenthümlich, wie die des Regenbogens. Altnordisch: Winterweg; in Wales: Silberstraße oder Burg des Gwydion; schon im 13. Jahrhundert: Jakobsstraße (d.), St. Jakobsweg (frz.), und Weg nach Santiago (de Compostella) (sp., it.); dann: Weg nach Rom (kr., slov.); weiße Straße (cz.), und Pilgerweg (tü.); irokesisch: Weg der Seelen, und lit. wie fin.: Vogelweg, weil Seelen und Geister in Vogelgestalt ziehen; Kriegsheerstraße (ma.), weil die Magyaren, aus Asien kommend, ihrer „weißen Straße" folgten; pers.: Weg des Strohschleppers; äth.: Strohhalmweg; koptisch und syrisch: Streuweg; ar.: Strohweg oder Pfad der Heckerlingträger; hebr.: Streupfad; tü.: Spreudieb; armenisch: Strohdieb, und ragusäisch: Gevattersstroh, weil ein Gevatter dem andern Stroh gestohlen und fortgeschleppt hat.

2) Wenn die Sterne hell sind und funkeln, (wird's) kalt im Winter, schön im Sommer. (frz.)

Die Sterne zittern, wir kriegen Wind. (malt.)

Gleichwohl trauen die Lombarden klaren Nächten nicht:

Klarheit der Nacht,
Nicht lange macht,

oder:

Klarheit der Nacht und Schönheit der Frau dauern nicht lange.[1])

Die Venetianer sprechen sogar:

Klarheit, die bei Nacht geworden, Esel, welcher trabt, und altes Weib, das läuft, währt nicht eine Stunde,

und auch die Deutschen sind der Ansicht:

Je schwärzer die Nacht, desto angenehmer der Tag.

Nur kommt es darauf an, was für ein Wochentag es ist. Denn selbst dies ist nach dem Volksglauben in Bezug auf's Wetter nicht ohne Bedeutung.

Der Freitag z. B. will sein eigenes Wetter haben:

Der Freitag würde lieber platzen, als den andern Tagen gleichen; (Pat.)

Die ganze Woche wunderlich,
Des Freitags ganz absunderlich. (d.)[2])

und:

Freitag hat sein apartes Wetter. (wstph.)

War das Wetter früher schön, wird es am Freitag schlecht,

und:

Das Wetter, das sich am Freitag aufzieht, hält acht Tage an, (tyr.)[3])

---

1) Das Heiterwerden bei Nacht ist wie der Feierschmuck der Alten (d. h. selten und nicht anhaltend). (ngr.)

2) Freitags wunderlich — Samstags absunderlich. (Eif.)

3) Wenn's am Freitag regnet, regnet's eine ganze Woche. (tyr.)

und weitverbreitet ist die Meinung:

Freitagswetter — Sonntagswetter.

Die Venetianer allein versichern, wahrscheinlich des Reimes wegen:

Quando 'l sol va in saco de Zioba,
Avanti Domenega o vento o piova

(Wenn die Sonne Donnerstags in einem Sacke [hinter Wolken] untergeht, ist noch vor Sonntag Regen oder Wind).

Vom Montag heißt es:

Montagswetter wird nicht Wochen alt, (d.)

oder:

Rauher Montag, glatte Woche, (d.)[1])

und an den Samstagen muß wenigstens einmal der Mutter Gottes zu Ehren, welcher der Samstag geweiht ist, die Sonne scheinen.

Daher spricht man in Frankreich:

Kein Sonnabend ohne Sonne;[2])

in der Eifel:

Es ist kein Samstag so trüb',
Die Sonn' scheint der Mutter Gottes zulieb,

und in der Grafschaft Mark:

Sonnabend ist nicht so klein, die Sonne läßt sich sehen,

indem man jedoch als Grund hinzufügt:

Samstag ist gut Wetter, damit der arme Mann sein Hemd trocknen kann.

---

1) Dunkler Montag, helle Woche. (tyr.)

2) Kein Samstag ohne Sonne, keine Frau ohne Liebe. (sa., v.) Es giebt keinen Samstag ohne Sonne, keine Frau ohne Liebe, und keinen Sonntag ohne Credo (m.) — ohne Vergnügen. (b.)

Auch vom Sonntag sagt man:

Es ist kein Sonntag so keck,
Daß er die Sonn' den ganzen Tag versteck', (tyr.)

und behauptet:

Regnet's Sonntags über das Meßbuch,
So hat man die ganze Woch' genug, (Eif.)

oder:

Wenn's regnet auf den Kirchenpfad, ist's die ganze Woche naß. (plattd.)[1])

In der Grafschaft Rietberg lautet ein Volksreim:

Soterdag (Samstag) natt (naß) vom Werken,
Un Sundag natt ut (aus) der Kerken (Kirche),
Bedüt (bedeutet) ene reinke Weke (regnerische Woche),

während man in der Grafschaft Mark versichert:

Samstag in der Vesper und Sonntags in der Messe ist das Wochenwetter gewiß;

in Dänemark erklärt:

Sonntags (oder: Montags) Wetter bis Mittag ist Wochenwetter bis Freitag,

und in Tyrol glaubt:

Wenn's an einem Sonntag regnet, an dem ein grünes Meßkleid getragen wird, so regnet es neun Sonntage hintereinander.

---

1) Wenn es den Kirchleuten regnet auf den Pfad,
Dann ist es die ganze Woche naß. (Mrk.)

Wind und Wolken.

Der Wind (die Luft) ist Gottes Hauch,

sagt man in Galizien, und darum ist es natürlich, daß der Franzose denkt:

Dem geschorenen Schafe mißt Gott den Wind zu,

denn:

Wie der Wind weht, so die Sonne wärmt,

erklärt der Czeche, der in seinem Vaterlande beobachtet hat, wie rasch Wärme und Kälte wechseln, wenn der Wind sich dreht.

Auch in Italien heißt es:

Wenn Wind ist, ist's stets kalt,

und namentlich im Winter spricht man in Venedig:

Kalt ist's nicht, wenn der Wind nicht weht.

Die Deutschen nehmen an:

Wie der Wind am 3., besonders aber am 4. und 5. Tage nach dem Neumond ist, so weht er den ganzen Mond hindurch, [1])

---

1) Nach dem alten lateinischen Mönchsspruch:

Prima et secunda nihil,
Tertia aliquid;
Quarta, quinta qualis,
Tota luna talis

(Der erste und zweite Tag nichts, der dritte etwas; wie der 4. und 5., so der ganze Mond).

und sehen es gern, wenn der Wind der Sonne folgt, also Morgens aus Osten, Mittags aber aus Süden wehet, indem es dann einige Tage gutes Wetter bleiben soll.

Die Italiener dagegen behaupten:

Willst du schönes Wetter sehen,
Muß Abends Südost- und Morgens Südwestwind wehen,

und setzen in Venedig hinzu:

Wenn zu Mittag Winde wehen, ist's ein sicheres Zeichen von anhaltender Trockenheit,

während die Bewohner der Grafschaft Mark der Ansicht sind:

Der Wind, der sich mit der Sonne erhebt und legt, bringt selten Regen.

Die Perser meinen bedenklich:

Durch den Wind wird nur Staub erzeugt,

und:

Der Wind ist nicht immer günstig für das Schiff.[1])

Indessen:

Es weht nicht allzeit derselbe Wind; (d.)[2])

im Gegentheil:

Der Wind dreht sich, (frz.)

und die Araber wissen etwas Unstätes nicht besser zu bezeichnen, als mit dem Vergleiche:

Herumirrender, als der Wind,

denn:

---

1) Schlimm ist's, im Sturmwetter zu segeln, (isl.)
aber:

Bei gutem Winde ist gut segeln. (lat., d.)

2) Es weht nicht immer ein Wind. (d.)

Der Wind ist ein großer Läufer, und Flüsse und Berge sind ihm nichts. (pers.)

Darum geben die Deutschen als Regel an:

Dem Winde und dem Narren laß seinen Lauf, [1])

und die Perser trösten humoristisch mit den Worten:

Was der Wind bringt, trägt er wieder fort.

Obwohl es heißt:

Wenn Gott will, regnet's bei allen Winden, (sp., g. a. frz.) [2])

und:

Kein Wind ohne Regen, (it.) [3])

so galt doch schon im Alterthume der Südwind als besonders regenbringend, und Plinius bemerkt: „Im Ganzen genommen sind alle Winde vom Norden her trockener, als die vom Süden."

Auch in Judäa sagte man:

Der Nordwind treibt den Regen weg,

und in Deutschland lautet ein Volksreim:

Wind vom Niedergang,
Ist Regens Aufgang;
Wind vom Aufgang,
Schönen Wetters Anfang,

während man in England versichert:

Wenn der Wind im Osten ist,
Schlimm für Mensch und Vieh es ist;
Wenn der Wind im Süden steht,
Aus des Regens Mund er weht.

In Böhmen pflegt man zu sagen:

Wind von der Donau, die Donau hinterher,

---

1) Man muß den Wind über die Ziegel (Dächer) gehen lassen. (frz.)
2) Wenn Gott will, regnet's bei jedem Winde. (it., ba.)
3) Einer Zeit folgt die andere, und dem Wind der Regen. (ba.)

um auszudrücken, daß der Südwind Regen bringt, und auf der Nordküste von Sicilien giebt man den Rath:

Wenn der Wind kommt von dort oben (d. h. aus dem Süden, wo das Gebirge ist),
Rasch ein Faß hinausgeschoben;
Fühlst vom Meer den Wind du weh'n,
Magst du an die Arbeit geh'n.

Da der Südwind zugleich der Wind ist, welcher in dem Spruche der Waadtländer:

Vein ke djalle, bise ke dedjalle et fenna ke pou parle,
San trè tsouze kon ne vai guèro

(Wind [Südwind], der friert,[1]) Bise [Nordostwind], die thaut, und Frau, die wenig spricht, sind drei Dinge, die man nicht leicht sieht)

sowie in dem der Deuschen:

Wenn der warme Wind kommt, so schmilzt das Eis,

gemeint ist, nennen ihn die Ragusäer:

den Vater der Armen,

und die Russen erklären:

Der Südwind weht, erwärmt den Greis.

Der Südwestwind dagegen, von dem die Dalmatier behaupten:

Garbin der Schlimme, welcher das Meer bis auf den Grund aufwühlt,

wird auf dem Onega-See so gefürchtet, daß es heißt:

Der Südwest (Schelojnik) auf dem Onega (ist) ein Straßenräuber.

Der Nordost, welcher, nach der Meinung der Venetianer:

Wenn die Bora anfängt zu wehen, (dauert sie) einen Tag, oder drei, oder fünf, oder sieben, oder neun,[2])

1) Südwind kalt,
Wird selten drei Tage alt. (Mrk.)

2) Die Bora dauert drei Tage, und geht sie weiter, dauert sie mehr als acht. (t.)

selten über neun Tage anhält, führt an den Küsten des adriatischen Meeres helles klares Wetter herbei. Bleibt es aber trotz seines Wehens bewölkt, so kommt bald Regen, denn:

Dunkle Bora, sicherer Regen, (v.)

oder:

Wenn es beim Nordostwind (Cierzo) regnet, regnet es ganz gewiß. (sp.)

Als Boten des Windes gelten in Tyrol die Dohlen, indem man sagt:

Kreisen Dohlen in der Luft, kommt Wind,

während man in den Niederlanden die Schweine dafür hält, und versichert:

Die Schweine können den Wind sehen, und grunzen, wenn Sturm kommt.

Da man auf dem venetianischen Festlande glaubt:

Nach Wind dauert das Wetter nicht drei Tage,

in Frankreich aber behauptet:

Es windet so lange, bis es regnet,[1])

und in Deutschland abwechselnd sagt:

Großer Wind ist selten ohne Regen,[2])

und:

Großer Wind bringt oft nur kleinen Regen,

so haben die Engländer nicht minder Recht mit ihrem Sprichwort:

---

1) Es wird regnen, aber vorher windig sein. (sp.)
Wetter nach Wetter, und Regen nach Wind. (port.)

2) Alte Frau und großer Wind liefen nie um Nichts. (Pat.)

Kein Wetter ist schlimm,
Hat der Wind keine Stimm',[1])

als die Czechen mit dem ihren:

Wer auf die Winde sieht, der wird nicht säen,
Wer auf die Wolken sieht, der wird nicht mähen.[2])

Denn die Wolken sind nicht weniger trügerisch, als die Winde.

Sagt man auch in Palästina:

Sind die Wolken dunkel, giebt's viel Wasser (Regen); sind die Wolken hell, giebt's wenig Wasser; (hbr.)[3])

in Deutschland:

Trübe Wolken sind selten ohne Regen,

und in der Lombardei:

Sind die Wolken grünlich schwarz, kommt Sturm und Ungewitter,

und heißt es auch in Dänemark:

Eine kleine Wolke kann einen guten Tag verderben,[4])

und in Polen:

Aus kleiner Wolke großer Regen,

so spricht der Deutsche doch tröstend:

Alle Wolken regnen nicht;[5])

---

1) Wenn der Wind geht, kann man das Wetter nicht gut nennen. (it.)

Wenn der Wind nicht wär' und nicht der Frauen Plag',
So gäb' es kein schlecht Wetter und keinen schlimmen Tag. (t.)

2) Wer allzeit auf allen Wind will sehen,
Der wird nicht säen und nicht mähen. (d., v.)

Wer sich vor jeder Wolke fürchtet, kommt spät zu seiner Ernte. (dä.)

3) Schwarze Wolken bringen viel Regen. (pers.)

4) Eine kleine Wolke verdirbt einen schönen, heitern Himmel. (t.)

5) Nicht alle Wolken bringen Regen. (it.)

Nicht alle Wolken führen Regen mit sich. (dä.)

der Däne meint weise:

Wenn die Wolken voll sind, geben sie Regen,

und der Italiener fügt hinzu:

Wenn das gute Wetter im Anzug ist, bringt jede Wolke Klarheit.

Der Himmel mit Schäschen verspricht einen schönen Morgen, (v.)

führt aber später „Wind oder Regen“ herbei, so daß die Toscaner behaupten:

Himmel mit Schäschen,
Wasser in Schäffchen.[1])

Auch in Tyrol glaubt man:

Sind Morgens Himmelsschäflein, wird's Nachmittags hageln oder schnei'n,

und in Frankreich versichert man:

Himmel mit Schäschen, und Mädchen, das sich schminkt, dauern nicht lange.

Weiter heißt es:

Wenn die Wolken wie Wolle sind,
Regnet's nicht heute, so regnet's geschwind; (l.)[2])

Sind die Wolken auf den Hügeln, kommen sie nieder bei den Mühlen, (engl.)

und im venetianischen Gebiet:

Wolke vom Gebirg her (d. h. von Norden) badet nicht das Land,

aber:

Wolke vom Abend her erhebt sich nicht umsonst;

---

1) Die Magyaren haben den Ausdruck:

Seegras am Himmel

für Schäschen am Himmel.

2) Wenn der Himmel gezupfter Wolle gleicht,
Ist auch der Regen nicht mehr weit. (v.)

in der Trevisaner Mark:

Wenn's Gebirge sich erhellt,
Iß und trink und geh' auf's Feld (d. h. es regnet nicht);
Sieht die Küste heiter aus,
Iß und trink' und geh' in's Haus (d. h. es wird regnen),

oder:

Südost klar und die Berge dunkel, verlasse dich nicht sicher d'rauf,

d. h. ob es nicht regnen wird, und in der Eifel sagt man:

Wenn das Meerschiff seine Spitz' nach Mittag kehrt, so folgt bald Regen.

Wie man nämlich in Italien scherzhaft ein

Haus des schlechten Wetters

annimmt, so nennen die wetterkundigen Leute am Niederrhein ein schiffgestaltetes Wolkengebilde, das bei sonst heiterm Himmel sichtbar wird, das „Meer-“ oder „Wolkenschiff,“ auch „Marienschiff,“ und prophezeien aus der Richtung, welche die zugespitzte Seite desselben nimmt, Regen oder Trockenheit.

Ebenso giebt es fast in allen Ländern gewisse Berge, die als Wetterpropheten gelten. Ist ihre Spitze in Wolken oder Nebel gehüllt, so kündigen sie Regen an; sind sie aber frei vom „Hute“ oder von der „Kappe,“ so verkünden sie schönes Wetter. Der Nebel selbst ist nach der Ansicht der Andalusier:

Des Regens Pathe und der Sonne Nachbar.

Der Nebel reinigt das Wetter, (v.)

und:

Nach einem nebligen Morgen kommt oft ein klarer Abend. (t.)

Niedriger Nebel läßt gutes Wetter zurück, (l.)

aber:

Nebel hoch, Wasser unten, (sp.)

oder:

Nebel, der nicht fällt, giebt oft Wasser unten. (frz.)

Deshalb spricht der Deutsche:

Wenn der Nebel steigt, ohne sich bald zu verziehen, so steht Regen bevor; fällt er, so verkündigt er schönes Wetter,[1])

und der Venetianer nimmt an:

Drei Nebel machen einen Regen, drei Regen eine Ueberschwemmung.

Während aber der Erstere glaubt:

Dicker Nebel Abends zeigt oft an, daß es Nachts regnen wird,

behauptet der Letztere:

Wenn die Sonne den Nebel zurückläßt, läßt der Nebel die Sonne zurück (d. h. wenn der Nebel Abends bei Sonnenuntergang aufsteigt, zertheilt er sich am nächsten Morgen bei Sonnenaufgang).

Ist es kurz vor Vollmond vor Sonnenaufgang neblig auf Bergen und in Thälern, so ist es Tags darauf schön und warm, und liegt im Sommer kurz nach Sonnenuntergang ein dichter Nebel über Flüssen, Bächen und den ihnen benachbarten Wiesen,[2]) so ist anhaltend gutes Wetter zu erwarten. (d.)

Dagegen herrscht in Andalusien die Meinung:

Wenn der Guadiana eine Binde (Nebel) trägt, wird es morgen früh Regen geben,

und in Tyrol sagt man:

Wenn bei Gebirgsbächen Rauch (d. h. Nebel) ist, wird schlechtes Wetter.

---

1) Wenn der Nebel den Berg 'rauf zieht, kommt er in drei Tagen als Regen wieder. (Mrk.)

2) Man sagt alsdann: „Der Fuchs brauet." (d., plattd., vl.)

Regen und Gewitter.

Ja, liebe Frau Bas',
Wenn es regnet, wird man naß,
Wenn es schneit, so wird man weiß,
Und wenn's gefriert, so giebt es Eis, [1])

lautet ein deutsches Sprichwort, und wenn auch ein anderes den Trost giebt:

Ein kleiner Regen macht nicht naß,

so behaupten doch die Franzosen:

Die kleinen Regen sind es, welche die großen Straßen verderben. [2])

Denn:

Regnet es nicht, so tropft es doch;
Es regnet gern, wo es schon naß ist,

und:

Viele kleine Regen machen einen Platzregen. (d.) [3])

Indessen:

Der Regen ist der Gemahl der Erde; (hbr.)

---

1) Wenn es regnet, regnet's, wenn es schneit, schneit's; wenn es regnet und dabei windig ist, so ist schlechtes Wetter. (sp.)

2) Kleiner Regen legt großen Staub (engl.), großen Wind. (d., frz.)

Kleiner Regen
Macht großen Wind legen. (d.)

3) Viele Tropfen machen einen Schauer. (engl.)

Wenn es selbst fein regnet, von diesem feinen Regen fällt (Wasser) genug. (Pat.)

Es hat jedes Jahr geregnet, und wird auch dieses Jahr regnen, (v.)

und:

Giebt Gott Regen, giebt er auch Korn. (r.)[1])

Darum heißt es:

Wenn es regnet und windig ist, mach' das Haus zu, und bleib d'rin, (t.)

und:

Laß regnen, weil es regnen mag,
Das Wasser will seinen Lauf,
Und wenn es ausgeregnet hat,
So hört's von selber auf, (d.)

was namentlich bei Morgenregen sehr bald zu geschehen pflegt, indem man sagt:

Frühregen und Weiberweinen geht bald vorüber, (cz.)[2])

und:

Morgenregen und Waiberwai
Sind um Zehne nimmermai. (schwb.)[3])

Deshalb hört man den Spruch:

Regen am Morgen hält den Pilger nicht auf; (nor.)

der Araber versichert emphatisch:

Regen in der Frühe preiset alle Welt,

und der Hebräer erklärt sogar:

Fällt der Regen des Morgens, wenn man die Thore öffnet, kann der Eseltreiber (Fruchthändler) seinen Sack zusammenwickeln und sich schlafen legen,

---

1) Von der Kälte und dem Winde kommen die Krankheiten; von der Sonne und dem Regen werden die Früchte. (malt.)

2) Morgenregen und Frauenthränen dauern nicht lange. (p., olf.)
Altweibertanzen und Morgenregen dauern nicht lange. (cz.)
Morgenregen und Alterweibertanz dauern nit lang. (Vintschgau.)

3) Frühregen und frühe Bettelleut'
Bleiben nicht bis man Zwölfe läut't. (d.)
Frühregen und Frühgäste bleiben selten über Nacht. (d.)

indem er der Meinung lebt, daß dann ein gutes Jahr zu erwarten sei, und ein Fruchthändler nicht auf Profit rechnen könne.

Nur im Venetianischen fürchtet man:

Wenn es regnet auf den Thau,
Hört's den ganzen Tag nicht auf,

und die Franzosen sagen:

Regnet's, wenn die Sonne aufgeht, regnet's gewöhnlich den ganzen Tag.

Die Polen haben die Besorgniß:

Wenn man eine Wiese mäht, erfleht das alte Weib Regen,

und meinen wahrscheinlich damit dasselbe alte Weib, von dem sie sprechen:

Fällt Regen und scheint die Sonne, so rührt die Hexe Butter;[1])

denn auch die Deutschen geben dem Regen bei Sonnenschein ähnliche Auslegungen:

Wenn's regnet und die Sonne scheint, so schlägt der Teufel seine Großmutter: er lacht und sie weint;

Wenn's regnet bei Sonnenschein, so hat der Teufel seine Großmutter auf der Bleiche;

Wenn es bei Sonnenschein regnet, so ist Kirmes in der Hölle,[2])

und:

Es regnet bei Sonnenschein: da kommt ein Schneider in den Himmel.

---

1) Scheint die Sonne und tropft Regen, macht die Hexe Butter. (g.)
Fällt Regen bei Sonnenschein, buttert die Hexe. (oschl.)

2) Am Rheine sagt man:

Die in der Hölle haben Kirmes,

oder:

Frau Holle hat Kirmes.

Wenn's regnet und die Sonne scheint, ist's Kirmes in der Hölle. (h.)

Die Italiener dagegen glauben:

Wenn es regnet und die Sonne scheint, entstehen die Schwämme,

und die Spanier behaupten:

Wenn es regnet und die Sonne scheint, freut sich der Hirte.

Ueberhaupt sind die Wünsche in Betreff des Regens sehr verschieden:

Anders im Thal, anders auf den Bergen; (cz.)

Der Landbauer bittet um Regen, der Reisende wünscht Sonne, aber Gott giebt Jedem sein Glück, (tat.)[1])

und:

Betrunkene wünschen Regen, wenn auch ihr Haus dadurch zerstört werden sollte. (pers.)

Allerdings wendet der Perser selbst berichtigend ein:

Es regnet nicht trotz des Gebets der Katze,

und der Deutsche fügt vertrauensvoll hinzu:

Regen und Segen kommt vom Herrn,

aber dessenungeachtet denkt nicht Jeder an den Spruch des Dänen:

Regnet es nicht hier, so regnet es anderswo,

sondern klagt so manches Mal:

Wenn es sollte, regnet's nicht, und im Mai (d. h. zur Unzeit) da schneit's, (ngr.)

und, wie der Däne richtig bemerkt:

Regen und Besuch ist gut, wenn er nicht ungelegen kommt.

Zum Glück giebt es zahlreiche Vorzeichen, die uns die Nähe des Regens erkennen lassen. Denn:

Wenn die Laubfrösche knarren,
Magst du auf Regen harren, (d.)[2]).

---

1) Stets auf Beff'rung hofft der Kranke,
Stets auf Sonnenschein der Wand'rer. (fin.)

2) Wenn die Frösche quaken, ändert sich das Wetter. (v.)

obwohl es heißt:

Nicht jedes Froschgeschrei bedeutet Regen. (neg. engl.)

Wenn die Kröte schreit, wird das Wetter trüb'. (v.)

Krächzt der Rabe, kommt Regen. (p.)

Wenn die Finken und Buchfinken sich ganz früh vor Sonnenaufgang hören lassen, verkünden sie nahen Regen. (d.)

Wenn die Tauben baden, bedeutet's Regen. (d.)

Wenn die Gänse (Hennen) auf einem Fuße stehen, giebt's Regen. (d.)

Wenn die Hennen Gras fressen, kommt Regen. (tyr.)

Wenn die Hühner die Schwänze hängen lassen, giebt es viel Regen. (Mrk.)

Wenn ein Huhn wie ein Hahn kräht, giebt's anderes Wetter: im Sommer Regen oder Nebel, im Winter Schnee. (schwb.) 1)

Kräht der Hahn auf dem Mist,
Das Wetter im Wechsel ist. (Eif.)

Wenn der Hahn noch Abends kräht, regnet's am folgenden Tage. (tyr.)

Wenn der Hahn außer der Zeit kräht, ist's ein Zeichen, daß sich das Wetter ändert. (sic.) 2)

Wenn der Hahn im Hofe kräht,
Ist's Wetter gut, wird's schlecht;
Wenn der Hahn im Hause kräht,
Wird's Wetter gut, war's schlecht. (ver.) 3)

Wenn der Laubfrosch ruft, ist gern Regen; (olf.)
deshalb:

Quakt der Frosch, springt der Hafer. (r.)

1) Wenn die Hennen krähen, wird schlechtes Wetter. (tyr.)

2) Wenn der Hahn im Hühnerhause kräht, erwarte Wasser unter der Trause. (t.)

3) Wenn der Hahn außer der Zeit kräht, so bewölkt es sich, ist's heiter. (b.)

Wenn der Hahn zu Mittag kräht, giebt's Regen. (Mrk.)

Wenn die Hennen weit vom Stalle sich entfernen, naht schlechtes Wetter. (tyr.)

Wenn oft die Esel schreien, kommt schlechtes Wetter. (tyr.)

Wenn die Esel niesen, ändert sich das Wetter; wenn sie horchen (d. h. die Ohren spitzen), dreht es wieder um. (v.)

Wenn die Regenwürmer aus der Erde kriechen, oder der Maulwurf die Erde aufwirft, wird schlechtes Wetter. (tyr.)

Wenn die Ameisen prozessionsweis gehen,
Werden wir bald Regen sehen. (v.)[1])

Wenn die Schnecke ein grünes Blatt mitführt,
Es gewiß gutes Wetter wird;
Beladet sie sich mit Grund,
Thut sie starken Regen kund. (Eif.)

Wenn große Spinnen herumkriechen, kommt binnen drei Tagen Regen. (tyr.)

Wenn die Bienen sich nicht weit vom Bienenstock entfernen, oder massenhaft leer zurückfliegen, wenn die Fliegen sehr stechen und die Flöhe sehr wild sind, kommt Regen. (m.)

Wenn der Fischreiher das Wasser aufpflügt, holt er Wasser. (Mrk.)

Wenn der Kukuk zu den Häusern fliegt, wenn die Braudelen oder Rothschwänzchen herumfliegen und die Speiern niedrig fliegen, wird schlechtes Wetter. (tyr.)

Wenn die Schwalben nahe am Boden fliegen, so bedeutet's Regen; fliegen sie aber hoch, gutes Wetter. (d.)

Wenn die Fische, namentlich die Brachsen, aus dem Wasser springen, wird's regnen. (l.)

Wenn der Esel beim Austreiben aus dem Stalle die Nase in die Höhe streckt und tüchtig die Ohren schüttelt, so sind Regen oder Gewitter zu erwarten. (d.)

Wenn die Kuh das Maul nach oben hält, zieht Gewitter auf. (v.)[2])

Kommen die Küh' Abends lang nicht nach Haus, kommt am folgenden Tag schlechtes Wetter. (tyr.)

---

1) Wenn die Ameisen sich verkriechen,
Werden wir Regen kriegen. (Pf.)

2) Wenn die alten Ochsen spielen, ändert sich das Wetter. (olf.)

Wenn die Kraniche vorüberziehen, (kommt) Wind oder Regen, (v.)

und der Ruthene spricht sogar:

Es wird Regen kommen, die Juden streichen umher.

Wenn die Sonne Wasser zieht, wird schlechtes Wetter, (d.)

oder, wie die Czechen sagen:

Die Sonne dörrt, es wird Regen kommen.

Wenn die Sonne Steipen stellt,
Regen bald vom Himmel fällt, (Eif.)

und:

Wenn der Rauch nicht aus dem Schornstein will,
So ist vorhanden Regens viel. (d.)

Wenn kein Thau fällt, oder wenn er zeitig des Morgens wieder verschwindet, steht Regen zu erwarten, während Thau, oft und stark, heiteres Wetter verkündet;

Wenn die Gartenschnecken häufig auf den Beeten und in den Wegen herumkriechen, so deutet's auf Gewitterregen;

Wenn Strohdächer nach einem Gewitterregen stark dampfen, so kommt noch mehr Regen mit Gewitter, (d.)

und:

Auf Donner folgt gern Regen. (d., dä.)[1])

Das Gewitter selbst sehen die Deutschen nur im Sommer gern, indem sie erklären:

Den Sommer schändet kein Donnerwetter,

fürchten es aber im Winter, denn:

Donner im Winterquartal,
Bringt uns Kälte } ohne Zahl,
Bringt Eiszapfen }

und:

Wenn's auf den trocknen Boden donnert, giebt's ein gefährliches Wetter. (tyr.)

---

1) Nach starkem Donner (fällt) starker Regen (nieder). (frz.)

Darum spricht man in der Eifel:

Der Landmann haßt,
Wenn es donnert über den grünen Ast,[1])

und beobachtet überall sorgfältig die Richtung, welche das erste Gewitter nimmt, weil man annimmt:

Wohin das erste Gewitter zieht, da ziehen die übrigen hinterher, (cz.)

und:

Von wo im Frühjahr der erste Donner herkommt, von dort kommen den Sommer hindurch die gefährlichsten Wetter. (Lechthal.)

Die Italiener gehen noch weiter und glauben:

Wenn du den ersten Donner im Süden hörst,
So mach' die Tenne größer, und den Garten klein;
Wenn du ihn aus Südwesten hörst,
So rechne auf Brod und vielen Wein.

Noch heißt es:

Wenn es im Westen blitzt,
So blitzt es nicht um Nichts;
Wenn es aber im Norden blitzt,
So ist's ein Zeichen von Hitz', (v.)[2])

oder:

Wenn das Wetter aus Norden kommt, so nimm die Hacke und geh' arbeiten; wenn es aber aus Süden kommt, so hol' das Schaff und setz' es unter. (b.)

Wenn der Donner ähnlich den Rädern auf der Straße rollt, so soll das Gewitter stark werden:

Wenn das Wetter fortrollt, kommt Gewittersturm, (ver.)

und für besonders schlimm hält man Gewitter am Morgen:

---

1) Wenn es über den kahlen Bäumen donnert, das soll nicht gut sein. (Mrk.)

Wenn es donnert über dem nackten Holz, kommt der Schnee über das belaubte. (Pat.)

2) Blitzen im Westen, Regen nachher. (malt.)

Morgengewitter ist ein großer Schaden für das Feld. (l.)

Zum Trost hat man die Sprüche:

Nicht jedes Mal, wenn es donnert, schlägt das Gewitter ein; (frz.)[1]

Die Sonne verbirgt sich oft hinter dicken Wolken, und kommt doch wieder vor, (dä.)

und:

Nach Regen folgt schön Wetter. (engl.)[2]

Denn, wie man spricht:

Große Stille ist ein Zeichen von Regen, (sp.)

so sagt man auch:

Nach dem Sturme kommt die Stille, (engl.)

und mit ihr folgt nicht selten das Wetter, welches die Franzosen als Fräuleinswetter (temps de demoiselles) bezeichnen:

Weder Regen, noch Wind, noch Sonne,

oft aber auch das klare, trockne Wetter, das noch durch manche andere Vorzeichen verkündigt zu werden pflegt.

So heißt es nämlich:

Wenn die Spinnen fleißig im Freien weben, und namentlich die Kreuzspinne bei Sonnenuntergang mitten im Netze sitzt, wird schön Wetter. (d.)[3]

Wenn die Mücken tanzen, giebt's schön Wetter. (tyr.)

Wenn die Johanniswürmchen ungewöhnlich leuchten und glänzen, so kann man sicher auf schönes Wetter rechnen. (d.)

---

1) Es schlägt nicht immer ein, wenn es donnert (blitzt). (d.)

2) Nach Regen kommt Sonnenschein. (d., dä.)
Nach Regen schönes Wetter. (frz.)
Nach den Wolken Phöbus. (lat.)

3) Wenn die Spinnen Wäsche aufhängen (d. h. ihre Spinnweben), gutes Wetter. (d.)

Wenn vom Wasser die Gläser anlaufen, wird schön Wetter. (schwei.)

Wenn die Lerche hoch fliegt und lange hoch oben singt, so verkündigt sie schönes Wetter. (d.)

Wenn die Hühner schauern, hört der Regen bald auf, (Mrk.)

und:

Wenn die Hennen früh schlafen gehen, wird am nächsten Tage gutes Wetter, im umgekehrten Falle schlechtes; (tyr.)

indessen, gutes oder schlechtes, die Erde muß es annehmen, denn:

Was nur vom Himmel fällt, bleibt auf der Erde liegen, [1])

und:

Was nur vom Himmel kommt, hält die Erde aus. (pers.)

---

1) Was vom Himmel fällt, das schadet Niemandem. (d.)

Das Wetter der Monde und Tage.

Januar.

Obgleich die Spanier versichern:

Regen im Januar
Bringt gutes Wetter das ganze Jahr,[1])

oder wenigstens:

„bis zur Sense,“

so finden wir doch fast allgemein den Wunsch ausgesprochen, der Januar möge kalt und trocken sein. Denn:

Giebt's im Januar viel Regen,
Bringt's den Früchten keinen Segen;[2])

Im Januar viel Regen, wenig Schnee,
Thut Bergen, Thälern und Bäumen weh;

Im Januar viel Wasser, wenig Wein,[3])

und:

---

1) Regen im Januar
Bestimmt das ganze Jahr, (port.)

während die Deutschen behaupten:

Anfang und Ende vom Januar,
Zeigt das Wetter an für's ganze Jahr.

2) Im Januar viel Regen,
Bringt den Saaten keinen Segen. (Eif.)

3) Ist der Jänner naß,
Bleibt leer das Faß. (d.-b.)

Wenn der Jänner viel Regen bringt,
Werden die Gottesäcker gedüngt. (d.)[1])

Aber:

Ist der Januar nicht naß,
Füllet sich des Winzers Faß; (d.)[2])

Januar trocken, der Bauer reich; (it.)

Staub im Januar macht den Kornboden schwer, (v., l., sic.)[3])

oder:

Wenn der Januar Staub macht, so macht man die Speicher aus Eichenholz, (t.)[4])

und:

Große Kälte im Januar füllt den Speicher. (m., sic., v.)

Es ist daher nicht zu verwundern, wenn die Deutschen gleich den Polen ausrufen:

Januar warm,
Das Gott erbarm'!

wenn die Portugiesen sagen:

Im Januar stell' dich auf einen Hügel: siehst du es grün werden, so fang' an zu weinen, und siehst du den bloßen Boden, so fang' an zu singen,

und wenn in der Schweiz als Regel gilt:

Tanzen im Januar die Mucken,
Muß der Bauer nach dem Futter gucken,[5])

---

1) Häufiger Regen im Januar düngt des Pfarrers Gehege (d. h. den Kirchhof). (p.)

2) Im Januar wenig Wasser, viel Wein, (d.)

während es im Canton Genf heißt:
Wenn es im Januar donnert, mach' Bottich und Tonnen zurecht.

3) Januar staubig, wenig Stroh und sehr viel Korn. (l.)

4) Januar im Staub, mache dir den Speicher aus Eichenholz. (v.).

5) Wenn die Mücke im Januar schwärmt, so nimm selbst die Abfälle (von Kraut, Heu, Rohr u. dergl.) und thu' sie in den Speicher (zum Viehfutter). (v.)

weil es dann nicht blos länger nachzuwintern pflegt, oder, wie der Toscaner sich ausdrückt:

> Wenn Januar im Hemde steht,
> Der März vor Lachen berstet,[1])

sondern weil es auch heißt:

> Wenn's Gras wächst im Januar,
> Wächst es schlecht (engl.: um so schlechter) durch's ganze Jahr, (d.)[2])

oder:

> Mit der Blüte im Januar füllte noch Niemand den Speicher (Keller). (port.)

Allerdings trösten sich die Portugiesen mit den Worten:

> Januar feucht, wenn er nicht gut ist für's Getreide, ist er nicht schlimm für die Heerde,

und sogar in Deutschland lautet ein Spruch:

> Ist der Januar gelind,
> Lenz und Sommer fruchtbar sind,

aber dennoch liebt der Pole selbst die Nebel nicht im Januar, indem er spricht:

> Wenn du im Januar die Mücken siehst, so schätze jeden Bissen. (m.)
> Wenn du im Januar den Specht hörst, so halte den Strohhaufen bereit (weil dann das Vieh mit Stroh fürlieb nehmen muß). (t.)

1) Schöne Tage im Januar betrügen Einen im Februar. (frz.) Etwas derb heißt es im Bergamaskischen:

> Wenn der Januar nicht januart, so läßt der Februar einen großen —,

oder:

> Wenn Januar nicht januart,
> Und Februar nicht februart,
> So läßt der März 'nen großen —.

2) Januar mit Gras, Jahr mit Koth. (m.)

Januarnebel bringt feuchtes Frühjahr,[1])

und der Engländer bekennt offen:

März im Januar, fürcht' ich Januar im März.

Indessen braucht er sich wenigstens nicht allzu oft mit dieser Furcht zu quälen, denn gewöhnlich ist der Januar so kalt, daß der Franzose behauptet:

Januar hat drei Mützen;[2])

der Portugiese versichert:

Im Januar eine kurze Zeit in der Sonne, die übrige am Rauchfang (d. h. am Herd);

der Engländer selbst spottet:

Januar macht den Topf am Feuer frieren,

und der Italiener eine Person, welche nie warm wird, mit der Redensart bezeichnet:

Sie ist im Januar geboren.

Auch geht aus dem spanischen Sprichwort:

Wer im Januar keine Hosen hat, dem leihe nicht dein Geld (weil er zu arm ist, um es wiederzugeben),

deutlich hervor, daß der Januar dort ebenfalls für den kältesten Monat gehalten wird; auf der Insel Sardinien klagt man:

Bis zum Januar (stirbt) kein Lamm, (wird) kein Eis; vom Januar an Kälte, Hunger und Theuerung.[3])

---

1) Nebel im Januar
Macht ein naß Frühjahr. (d.)

2) Im Januar sieben Kapuzen und einen Schirm. (port.)

3) Die Venetianer nennen den Januar deshalb:
Januar mit dem langen Zahn;
die Brescianer sagen:
Januar hat lange Zähne,

und der Baske ruft dem Januar zu:

Januar, rühm' dich nicht deiner schönen Tage wegen, denn der Februar folgt dir ganz nah'!

Wie auf der Pyrenäischen Halbinsel der Glaube herrscht:

Das schlimme Jahr tritt schwimmend ein,

und auch im Mailändischen behauptet wird:

Das Jahr ist fürchterlich, wenn es weinend (d. h. mit Regen) beginnt,

so ist in Deutschland die Ansicht verbreitet:

Morgenroth am ersten Tag
Unwetter bringt und große Plag'.

Sonnenschein dagegen läßt in der Altmark auf gute Flachsernte, in Böhmen auf schönes Wetter im August, und im Lechthal in Tyrol auf ein fruchtbares Jahr hoffen, eine Erwartung, die man in Belgien nur dann hegt, wenn in der Neujahrsnacht der Nordwind weht.

In Portugal heißt es:

Erster Tag vom Januar, erster Tag vom Sommer,

und in Deutschland und den Niederlanden glaubt man vom 2. Januar:

Wie das Wetter am Makarius war,
So wird's im September, trüb' oder klar.

Da man allgemein sagt:

Wächst der Tag, wächst die Kälte, (cz., it.)[1])

und behaupten gleich den Venetianern:

Januar heftig, verkündet allen Alten den Tod,

was die Toscaner mit den Worten ausdrücken:

Im Monat Januar ist die Alte dem Sterben nah'.

1) Nimmt der Tag zu, nimmt auch die Kälte zu (cz.)

oder:

> Wenn die Tage langen,
> Kommt der Winter gegangen, (d.)[1])

weil dann:

> Die Sonne zum Sommer, der Winter aber zum Frost (geht), (r.)

so ist die Bestimmung der Tageszunahme bei den meisten Völkern ein Gegenstand des Nachdenkens gewesen.

Der Franzose spricht:

> Zu Neujahr wachsen die Tage um eine Ochsenmahlzeit,

oder:

> Zu Neujahr um einen Ochsensprung, zu St. Antonii (17. Jan.) um eine Mönchsmahlzeit,

und die Czechen versichern:

> An Neujahr um einen Hahnenschritt, an den drei Königen (6. Jan.) um einen Sprung weiter, und zur Lichtmeß (2. Febr.) um eine Stunde mehr,

während die Deutschen und Engländer noch ungewiß sind, an welchem Tage die Tageslänge um einen Hahnenschritt zugenommen hat. Denn in England heißt es ebensowohl:

> Am Neujahrstage

wie:

> Am Dreikönigstage
>
> } sind die Tage um einen Hahnenschritt länger geworden,

und in Deutschland sagt man nicht nur unbestimmt:

> Um Neujahr hat der Tag einen Hahnenschritt gewonnen, (Bei Werl.)

oder:

---

1) Wann de Dage fangt an to längen,
Fangt de Winter an to strengen. (plattd.; g. ä. engl.)
Wann de Dage anfanget te lengen,
Dann fanget se ok an te strengen. (Mrk.)

Nach drei Königen wachsen die Tage um einen Hahnenschritt,

sondern auch:

An hl. drei Könige sind die Tage einen Hahnenschritt länger. (Mrk.)

In Italien scheinen die Tage noch schneller zuzunehmen, als anderswo, wenigstens behauptet man in Oberitalien:

An Epiphania (6. Jan.) ein Stündchen, (m., v.)

und:

An St. Antonii eine gute Stunde, (m.)[1])

oder:

An St. Antonii verlängert sich der Tag um einen Teufelsschritt, (b., v.)

woraus man zugleich den interessanten Schluß ziehen kann, daß nach italienischer Anschauungsweise jeder Schritt dem Teufel eine Stunde Zeit kostet.

Ebenfalls nach Ansicht der Italiener gilt Epiphania für den kältesten Tag, indem die Venetianer und Mailänder sprechen:

An Epiphania die größte Kälte, welche es (m.: je) giebt,

und die Bergamasker versichern:

An Epiphania wüthet die Kälte.

Die Czechen dagegen scheinen den zweiten Sonntag nach Epiphania dafür zu halten, da sie sprichwörtlich sagen:

An Jesu Namen so nah' als möglich dem Ofen,

und in Dalmatien heißt es:

---

1) In Mailand spricht man:
An S. Bassano (19. Jan.) eine Stunde.

Frägt man den Wolf, wann die größte Kälte ist, so antwortet er: wenn die Sonne geboren wird,

also zur Wintersonnenwendezeit, während Epiphania, das Fest der Wasserweihe der griechischen Kirche, von den Russen mit den Worten:

Geht's auf, geht's nicht auf, aber die Wasserweihe ist vorüber,

schon als Zeitpunkt der Abnahme der strengsten Kälte bezeichnet wird, und bei den Deutschen sogar im Rufe steht, entweder Thauwetter, oder neue Kälte zu bringen, denn:

Die hl. drei Könige kommen zu Wasser, oder gehen zu Wasser, (Mrk.)

und:

De hilgen drei Küenige bugget (baut) 'ne Brügge, odder tebreaket (zerbricht) eine. (Harth bei Büren.)

Die Slovenen behaupten:

Wenn an den drei Königen der Mond wächst, wird auch der Preis für Alles steigen; wenn er aber abnimmt, wird ein gutes Jahr werden und Alles im Preise fallen,

und in Polen schreibt man dem 15. Januar Einfluß auf das Wetter des ganzen Jahres zu:

(Ist) am Tag des hl. Paul, des Eremiten, heiteres Wetter, (wird) ein gutes Jahr; ist aber Wind, folgt ein nasses,

wogegen in Brescia dieser Tag für die Mitte des Winters gilt, weshalb man dort räth:

Um Mitte Januar, halb Brod und halb Stroh,

d. h. den Wintervorrath an Mehl und Futter bis dahin blos halb zu erschöpfen, eine Warnung, die sich vielfach, nur mit Veränderung der Tage, wiederfindet.

Bei den Esthen ist es der Antoniustag (17. Jan.), von dem sie sagen:

> Der Winter steht auf des Daches Giebel: das Brod zur Hälfte, das Viehfutter zur Hälfte;

die Russen nennen aus demselben Grunde den hl. Timotheus (22. Jan. a. St.) „Halbwinterer" und die hl. Xenia (24. Jan. a. St.) „Halbbrodbewahrerin," und die Tyroler glauben:

> Paul Bekehr,
> Der halbe Winter hin, der halbe her.

Die Engländer ihrerseits nehmen gleich den Czechen und Spaniern den 2. Februar als Wintermitte an, indem die Ersteren sprechen:

> An Lichtmeß müßt ihr noch die Hälfte eures Strohes und Heues haben,[1])

und die Letzteren den Rath geben:

> An Lichtmeß miß deinen Topf und heb' dein Korn auf.

Die Italiener schieben das Verbot, die zweite Hälfte des Vorraths für den Winter anzugreifen, in übergroßer Vorsicht sogar bis zum 14. Februar hinaus. Denn obgleich man in Venedig auch bisweilen sagt:

> An St. Agnes (21. Jan.) die Hälfte Heu und Hälfte Ausgaben,

so gilt doch in ganz Oberitalien als Regel:

> An St. Valentin die Hälfte Brod, die Hälfte Wein und die Hälfte Heu für's Vieh, (m., v.)

oder:

> An St. Valentin die Hälfte Brod, die Hälfte Heu und den ganzen Wein. (m., v.)[2])

1.) An Lichtmeß — halb Brod, halb Futter. (cz.)

2) An Weihnachten die Hälfte Brod, zu Ostern die Hälfte Wein. (t., m.)

Dem St. Antoniustage dagegen wird in Italien zugeschrieben, daß er Schnee oder neue Kälte bringe, und nur auf der Insel Sardinien behauptet man:

Am St. Antoniustage tritt der Brand in die Erde,

um anzudeuten, daß die Kälte dann nachläßt, und die Erde zu gähren anfängt. Der Mailänder aber nennt den ehrwürdigen Einsiedler:

St. Antonius, den Schneehändler,

während der Bergamasker spricht:

St. Antonius mit dem weißen Barte, wenn kein Eis ist, fehlt der Schnee nicht (oder: ist die weiße Braut da),

und die Brescianer und Venetianer versichern:

St. Antonius macht die Brücke, und St. Paulus (25. Jan.) zerbricht sie.[1])

oder:

St. Anton im Januar, findet er Eis, so schmilzt er es, findet er keins, so macht er es.

Indessen dauert dieser Frost nicht lange, denn:

An St. Anton die große Kälte,
An St. Lorenz (10. August) die große Hitze;
Die eine wie die andere ist von kurzer Dauer, (t.; g. ä. b. u. sic.)[2])

---

1) Auch in Aachen:

Zent Tönnes brengt Is of brecht Is
(St. Antonius bringt Eis oder bricht's Eis).

2) Aehnlich heißt es im Venetianischen und Spanischen vom St. Vincentiustage (22. Januar):

An S. Vincenz große Kälte,
An S. Lorenz große Hitze;
Die eine wie die andere dauert wenig,

und in Bergamo:

und in Toscana rechnet man spätestens den 3. Februar als das Ende der großen Kälte, indem es mit Bezug auf die Bilder der betreffenden Heiligen heißt:

> Der Bärtige (St. Anton), der mit Pfeilen Geschossene (St. Sebastian) und der Gekämmte (St. Blasius), und die Kälte ist vorüber.[1])

Die Venetianer und Brescianer lassen dem Winter sogar noch weniger Zeit, um seiner Wege zu gehen, da sie sagen:

> Von Sant Anton bis San Sebastian geht die Kälte fort, (b.)[2])

und die Ersteren dem in der Ebene von Brescia üblichen Reime:

Sant Bastià la viola en má
(St. Bastian, das Veilchen in der Hand),

die Worte hinzufügen:

> Veilchen oder nicht Veilchen, aus dem Winter sind wir heraus.[3])

Auch in Deutschland gilt der Sebastianstag als Beginn des Wiedererwachens der Naturkräfte, indem es heißt:

An Fabian und Sebastian
Soll der Saft in die Bäume gahn,[4])

An St. Vincenz die große Kälte,
An St. Lorenz die große Hitze.

1) Sant Anton, San Bastian und San Blasius,
Ist die Kälte spazieren gegangen. (b.)

2) Vom Bärtigen bis zum Pfeilgeschossenen ist der Winter vorüber. (v.)

3) San Bastian co la viola in man,
Viola o no viola, da l' inverno semo fora. (v.)

4) Fabian Sebastian,
Let den Saft in't Holt gaen. (hlst.)
Sebastian lätt den Sap in de Böme gan. (Mrk.)

oder, wie man im Elsaß spricht:

> Am Fabian un Sebaschtian
> Fange d' Bäum ze saften an,

was nach dem englischen Sprichwort:

> St. Mathias schickt Saft in den Baum,

freilich erst am 25. Februar geschieht. Vom Tag der hl. Agnes (21. Jan.) versichert man in Oberschlesien:

> St. Agnes treibt die Lerchen aus der Stadt,

in Oberitalien aber:

> An St. Agnes läuft die Eidechse durch die Hecken. (b. u. v.)

und:

> An St. Agnes dringt die Kälte durch die Spalten (Zäune) (m: in die Kirchen),

um das Fortgehen der Kälte zu bezeichnen, wogegen man in Steiermark und Kärnten von diesem Tage das Gedeihen des Obstes abhängig macht:

> Scheint am Agnestag die Sonne, wird die Frucht wurmstichig; ist es bewölkt, wird gesunde Frucht. (slov.)

Die Franzosen nehmen, um sich gewandt für alle Fälle zu sichern, nicht nur Pauli Bekehrung (25. Jan.), sondern auch die Tage des hl. Vincenz (22. Jan.) und hl. Julian (27. Jan.) als Wendepunkttage der Kälte an, von denen sie behaupten:

> An St. Vincenz friert es, oder thaut's:
> Der Winter fängt wieder an, oder bricht sich den Zahn aus;[1])
>
> Am Tage von St. Paul
> Bricht sich der Winter den Hals,

und:

---

1) An St. Vincenz
Kommt wieder der Winter, oder zerschlägt sich die Zähne. (Pic.)

Das Eis zerbricht St. Julian;
Wo nicht, so drückt er's fester an.

Das zweite dieser Sprichwörter findet sich ganz ähnlich auch im Venetianischen wieder,[1]) und bei Germanen, wie bei Romanen, wird der Vincentiustag für einflußreich auf die Ernte und Weinlese gehalten:

Vincenzen Sonnenschein,
Bringt viel Korn und Wein, (d.)[2])

und:

St. Vincenz klar, Brod in Fülle: St. Vincenz dunkel, gar kein Brod. (sp.)

Während aber die Deutschen und Venetianer Regen am Vincenztage als schädlich fürchten,[3]) und die Portugiesen sogar glauben:

An St. Vincenz ist jedes Wasser gefährlich,

versichern die Franzosen:

---

1) An S. Paul bricht sich das Eis den Hals. (v.)

2) Um Vincenzen Sonnenschein,
Läßt uns hoffen Korn und Wein. (d.)

Erinnere dich am Vincentstag,
Ob wohl die Sonne scheinen mag. (engl.)

Vincenzen Sonnenschein
Füllt die Fässer mit Wein. (d.)

Am Tage Vincentii Sonnenschein
Bedeutet ein Jahr sehr reich an Wein. (cz.)

Ist auf St. Vincenz Sonnenschein,
So giebt es viel und guten Wein. (Eif.; g. ä. tyr.)

3) Vincentii Sonnenschein,
Bringt viel Korn und Wein;
Bringt er aber Wasserflut,
Ist's für beides nicht gut. (Würzburg.)

Wenn's regnet am St. Vincenztag,
Dann wird vorüber sein der Wein,
Das heißt, es wird kalt Wetter sein. (v.)

Wenn es am St. Vincentiitage regnet, steigt der Wein in die Rebe; wenn es aber friert, geht er heraus.

Eine noch größere Wirkung wird in Deutschland, Dänemark, Holland, Belgien, Frankreich und Italien dem Tage Pauli Bekehrung zugeschrieben.

St. Paulus, schön mit Sonnenschein,
Bringt Fruchtbarkeit dem Korn und Wein,[1])

oder:

Sanct Paulus klar,
Bringt gutes Jahr;
So er bringt Wind,
Regnet's geschwind,

heißt es im Deutschen;

Ist es an Paulsmeß auch nur so lange klar, als ein Reiter braucht, um sein Roß zu satteln, so bekommt man ein gutes Jahr,

im Dänischen;

St. Paulstag klar, Stroh und Korn,

in der Lombardei und der venetianischen Mark, und:

Wenn St. Paul ganz klar ist,
Reicht der Kornboden auch für die Frauen aus,

im Mailändischen, weil man dann ein so fruchtbares Jahr erwartet, daß man glaubt, selbst die Ausgaben der Frauen nicht fürchten zu dürfen, und im Venetianischen, wie im Mailändischen, entscheidet das Wetter des Paulstages, ob man der sogenannten Ghirlanda oder dem Endegaro, d. h. den Witterungsbeobachtungen

---

1) Paul Bekehri hell und klar,
Giebt ein gutes Kornjahr. (tyr.)

Ist Pauli Bekehrung hell und klar,
So hoffet man ein gutes Jahr! (d.=b.)

Wenn an St. Paul die Sonn' scheint klar,
Verkündet sich ein fruchtreich Jahr. (cz.)

in den „anzeigenden Tagen“ (Zorni endegari oder Calende) Glauben schenkt oder nicht.

Wie die Germanen in den Zwölften oder den zwölf Nächten vom Weihnachtsabend bis zum Dreikönigstage, und die Kelten in den zwölf ersten Tagen des Jahres, den sogenannten Haupttagen (bret.: gourdésiou), beobachten nämlich die Landleute in der Lombardei das Wetter der ersten 24 Tage des Januars, um danach die Witterung des ganzen Jahres vorauszubestimmen. Sie fangen dabei mit dem 1. Januar an, den sie Zenaro, Januar, nennen, und fahren bis zum 12. fort, indem sie jedem Tage den Namen des betreffenden Monats geben, dessen Wetter er verkünden soll. Mit dem 13. Januar aber gehen sie wieder rückwärts bis zum 24., den sie ebenfalls „Januar“ nennen, während der 13. gleich dem 12. „December,“ der 14. gleich dem 11. „November“ u. s. f. heißt. Sind nun z. B. der 3. und 22. Januar, die Repräsentanten des Märzes, regnerisch oder stürmisch, so soll der ganze Monat es sein; sind aber beide Tage heiter, so erwartet man auch den Märzmonat heiter und trocken, und ebenso bei den übrigen Monaten. Ist jedoch der 25. Januar, der erste Tag nach den Anzeigetagen, halb heiter, halb bewölkt, so gilt die ganze Berechnung für unsicher, weshalb man zu sagen pflegt:

Nicht kümmere ich mich um's Endegaro,
Wenn der Paulstag weder dunkel, noch hell ist, (v.)

oder:

Wenn der Paulstag dunkel ist,
Kümmere ich mich nicht um die Ghirlanda, (m.)

und in diesem Falle hält man die Witterung des Paulstages für allein maßgebend. Daher spricht auch der Venetianer:

Um die Calenden kümm're ich mich nicht,
Ist nur St. Paulus dunkel nicht,

und der Mailänder:

St. Paul von den Calenden,
Um die Calenden kümmere ich mich nicht,
Es genügt, wenn's zu St. Paul nicht dunkel ist.

Während aber die Italiener versichern:

St. Paulstag klar, und Lichtmeß dunkel,
Hat man keine Furcht vor dem Winter mehr, (m., v.)

und im Vintschgau der Glaube herrscht:

Paul Bekehr,
Kehrt sich das Würzel um in der Erd',

fürchten die Czechen einen langen Nachwinter, wenn es an Pauli Bekehr mild ist, und rathen deshalb:

Wenn (am 25. Jan.) das Geleis voll Wasser steht,
Dann sparsam mit dem Futter umgeht.

Februar.

Feber, Feber,
Kurz und bitter, (v., l.)[1])

oder:

Februar (ist) kurz, (aber) der schlimmste von Allen, (frz., m., v.)

heißt es bei den romanischen Völkern, und in der Picardie sagt man sogar:

Februar der kürzeste der Mondenzahl,
Ist auch der schlimmste hundert-Mal.

Darum behaupten auch die Spanier:

Der kurze Februar mit seinen 28 Tagen, wer sie gut zählen will, kann 30 rechnen,

und setzen hinzu:

Der Februar, der Kurze, welcher heimlich seinen Bruder tödtete.

Während aber im Süden ein nasser Februar ersehnt wird, weil man versichert:

Ein guter Regen im Februar hilft mehr, als ein Misthaufen; (v.)[2])

---

1) Kurz ist der Februar, aber immer bitter. (b.)
Der Februar ist kurz und bitter. (sic.)
Februar (ist) kurz, das Unbehagen lang. (m.)
Februarlein, kurz und verdammt. (t.)

2) Februarregen ist einen Düngerhaufen werth. (frz.)

Wenn es im Februar nicht regnet, giebt's nicht gute Wiese, noch guten Roggen, (port.)

und:

Wasser im Februar füllt den Kornboden, (sic.)[1])

oder:

Wasser im Februar tödtet den Wucherer, (port.)

fürchtet man im Norden nichts mehr, als gelindes Wetter im Februar. Denn:

Wenn's der Hornung gnädig macht,
Bringt der Lenz den Frost bei Nacht; (d.)

weiter:

Wenn im Hornung die Mücken schwärmen,
Muß man im März die Ohren wärmen, (d.)[2])

und:

Läßt der Monat Februar das Wasser fallen, so läßt's der März gefrieren. (r.)

Darum sagt man in der Rheinpfalz:

Im Hornung sieht man lieber den Wolf, als einen Bauern in Hemdsärmeln,

und in England:

Alle Monate im Jahre verwünschen einen schönen Februar,

oder:

Der Wallijer hat's lieber, seine Frau auf der Bahre, als einen schönen Februar zu sehen,

---

1) Regen im Februar füllt den Kornboden. (t., v.)
Gutes Wasser im Februar füllt den Kornboden. (m.)

2) Wenn im Hornung die Schnacken geigen,
So müssen sie im Märzen schweigen. (Pf.)
Wenn im Februar die Mücken um die Ohren summen, so lauf' im März mit den Ohren an den Ofen. (p.)
Setzt sich im Feber die Mücke dir hinter's Ohr, läufst du im März mit den Ohren zum Ofen. (cz.)

und räth in der Eifel:

> Wenn im Februar tanzen die Mücken auf dem Mist,
> So verschließ' dein Futter in die Kist'.

In der Schweiz behauptet man noch außerdem:

> Es ist nicht gut, wenn's im Februar nicht stürmt, daß dem Stier die Hörner am Kopfe wackeln;[1])

auch am Rhein glaubt man:

> Wenn's im Hornung nicht recht wintert, so kommt die Kälte um Ostern,[2])

und in Italien, wie in der französischen Schweiz, herrscht fast überall die Ansicht:

> Wenn der Februar nicht februart, kommt der März, der Alles verdirbt. (Pat.)[3])

Nur ist man hier und da über die Folgen uneins, welche es nach sich zieht, wenn der Februar, den die Sardinier seiner unbeständigen, trügerischen Witterung wegen:

> Frearzu facies facies
> (Februar mit zwei Gesichtern),[4])

oder:

> Februar, Verräther,[5])

nennen, nicht „februart." Denn während man in Mailand versichert:

---

1) Heftige Nordwinde am Ende Februar,
Vermelden ein fruchtbares Jahr;
Wenn Nordwind aber im Februar nicht will,
So kommt er sicher im April. (d.)

2) Ist der Februar warm, wird's lange nach Ostern kalt sein. (h.)

3) Wenn Februar nicht februart, sinnt der März Arges. (v.)

4) Aus demselben Grunde heißt es im Polnischen:

> Der Februar frägt: Hast du Stiefeln?

5) Es sagt der Bauer,
Ein kurzer Hornung sei ein Lauer. (d.)

Wenn der Februar nicht februart, macht der März grün,

behaupten die Sicilianer:

Wenn Februar nicht februart, macht März nicht grün,

was die Toscaner mit den Worten bestätigen:

Wenn der Februar nicht februart, belagert (uns) der März,

und da es heißt:

Im Februar steckt jedes Gräslein seinen Schnabel heraus, (frl., v.)

so hat der Venetianer Recht, wenn er spricht:

Februar nicht naß,
Ueberall Gras.

In Böhmen, Deutschland, England, Frankreich und den Niederlanden hält man den Schnee für das beste Geschenk des Februars, indem man sagt:

Die weiße Gans im Februar brütet besser; (d.)

Weißer Februar stärkt die Felder; (cz.)

Der Februar füllt die Gräben schwarz oder weiß (d. i. mit Koth oder Schnee); füllt er weiß, so ist es besser, (engl.)

und:

Februar, der viel schneit, ist Bürge eines guten Sommers. (frz.) [1])

Auch in Spanien glaubt man:

Schnee im Februar macht das Wetter bis zur Sichel gut,

und setzt mit Bezug auf den Frost hinzu:

Frost im Februar, gieb ihm einen Fußtritt und geh' an deine Arbeit.

---

1) Aehnlich in Mailand:

Februar regnerisch, glänzender Sommer,

oder:

Regen im Februar, heitrer und klarer Sommer;

dagegen deutsch-böhmisch:

Ist der Februar kalt und trocken, so soll der August heiß werden.

In der Picardie fürchtet man die Kälte des Februars so, daß die Drosseln in einem Kinderreime beim Beginn des Brütens flehentlich bitten:

Februar klein,
Wenn du frierst, laß nicht erfrier'n die Kleinen mein!

oder angstvoll klagen:

Février, Févriot,
Si tu gèles t'engèleros mes t'chiots!
(Februar, Februarlein,
Frierst du, lässest du erfrier'n die Kleinen mein!)

und wenn man weiß, daß in einem Spruch der Grafschaft Mark der Februar oder „die Spüörkel" sagt:

Wenn ich die Macht hätte, wie mein Brüder Harremond (Januar), dann sollte der Topf am Feuer kochen und dennoch erfrieren,

und daß selbst die Portugiesen rathen:

Für den Februar heb' Holz auf,

indem sie sprechen:

Da kommt der Februar, der uns das Schaf und den Hammel wegnimmt,

so kann man den armen kleinen Vögeln ihre Sorge nicht verdenken.

Sollen doch auch die Hirten auf der Insel Sardinien, wenn sie dem Januar bei seinem Weggang die Worte nachrufen:

Endlich bist du zu Ende, o Monat Januar, der du mich bedrohtest, mir die Heerde durch den Schnee zu tödten; jetzt fürchte ich dich nicht mehr, sondern den Februar!

als Antwort hören, wie der Januar dem Februar vorschlägt:

Borge mir zwei Tage, die ich dir wiedergebe, wenn du ein Mal früher kommst, als ich, weshalb der Februar zwei Tage weniger hat, als er eigentlich haben sollte. Denn:

Dreißig Tage hat November,
April und Juni und September;
Achtundzwanzig hat nur Einer,
Mehr als einunddreißig Keiner. (sp., it.)

Heute Februar und morgen Lichtmeß,

sagen die Franzosen;

Februar erscheint, und St. Maria ist da,

die Spanier und Portugiesen, und fast überall schreibt man dem 2. Februar, dem Fest Mariä Reinigung oder Mariä Lichtmeß, einen großen Einfluß auf das Wetter zu.

Als schlimmes Zeichen gilt es bei Germanen, wie bei Slaven und Romanen, wenn Lichtmeß hell und sonnig ist. Es heißt zwar:

Lichtmeß hell und klar
Giebt ein gutes Flachsjahr, (d.)[1])

und in der Altmark:

Scheint an Lichtmeß die Sonne, gerathen die Bienen gut,

aber gleichwohl sieht in Deutschland der Bauer oder der Schäfer:

Zu Lichtmeß lieber den Wolf, als die Sonne im Stalle.[2])

---

1) Scheint die Sonne an Lichtmeß, dann wird der Flachs gut gerathen. (vl.)

Ist Lichtmeß hell und klar,
Dann giebt's ein gut Flachsjahr;
Ist Lichtmeß dunkel,
Dann wird der Bauer ein Junker. (Mrk.)

2) An Lichtmeß lieber der Wolf im Schafstall, als die Sonne. (p.)

und in England sogar:

> Lieber sein Weib auf der Bahr',
> Als Lichtmeß schön und klar.

Denn:

> Ist's zu Lichtmeß hell und rein,
> Wird ein langer Winter sein;
> Wenn es stürmt und schneit,
> Ist der Frühling nicht mehr weit; (d.)[1])
>
> Lichtmeß im Klee,
> Ostern im Schnee; (d.)
>
> Wenn um Lichtmessen die Sonne scheint, kommt arges Wetter und Heunoth, (tyr.)

und schon ein alter lateinischer Spruch des Mittelalters lautet:

> Si sol splendescat Maria purificante,
> Major erit glacies post festum, quam fuit ante
> (Scheint Lichtmeßtag die Sonne klar,
> Wird größ'res Eis, als vorher war),[2])

wozu die Engländer noch die Worte hinzufügen:

> Ist aber Regen und kein Sonnenblick (Schauer und Regen),
> Ist der Winter fort, und kommt nicht zurück.

---

1) Wenn's zu Lichtmeß schneit,
Ist Frühling nicht weit. (d.-ö.)

Wenn es an Lichtmeß stürmt und schneit,
Ist der Frühling nicht mehr weit;
Ist es aber klar und hell,
Kommt der Frühling wohl nicht so schnell. (Pf.)

Der Kerzen Tag lehrt dich den Winter kennen: Siehst du seinen Regen, so ist der Winter vorbei; aber siehst du Sonnenschein, so macht's der März, wie der Januar. (it.)

2) Scheint Lichtmeßtag die Sonne klar,
Giebt's Spätfrost und kein fruchtbar Jahr. (d.)

Scheint zu Lichtmeß die Sonne heiß,
Kommt noch sehr viel Schnee und Eis. (d.)

Mariä Lichtmeß hell und klar,
Zeigt noch viel Schnee fürwahr. (Eif.)

Aus welchem Loch (an Lichtmeß) die Sonne scheint, aus dem wird noch viel Schnee fliegen. (kr., slov.)

Daher sagt ein plattdeutsches Sprichwort:

Lichtmessen hell,
Schindet den Buurn dat Fell;
Lichtmessen dunkel,
Maakt den Buur tom Junker,[1])

oder:

Lichtmeß hell un klar,
Ward de Garwe (Garbe) swar (schwer);
Lichtmeß dunkel,
Ward de Bur en Junker, (ohrz.)[2])

indem man behauptet:

Wenn es am Lichtmeßtage recht dunkel ist, folgt ein fruchtbares Jahr, (altm.)

und:

Je stürmischer um Lichtmeß, je sicherer ein schön Frühjahr. (d.)

Auch der Franzose warnt:

Wenn die Sonne scheint, glaubt mir,
So habt noch einen Winter ihr,
Denn sobald der Bär die Sonne sieht,
Er sich zurück in die Höhle zieht,

oder:

Am Lichtmeßtag
Sieht kaum der Bär 'nen Sonnenblick,
Kehrt er in seine Höhl' zurück,

und diese Beobachtung, welche die Czechen mit den Worten ausdrücken:

---

1) Lechtmiß lecht,
Is de Buur en Knecht;
Lechtmiß dunkel,
Is de Buur en Junker. (hlst.)

2) Lichtmessen dunkel,
Makt den Buur tom Junker;
Lichtmessen hell und klar,
Gift keen god Kornjahr. (altm.)

Lichtmeß dunkel, wird der Bauer ein Junker,
Lichtmeß Sonnenschein, bringt viel Schnee herein. (d.-b.)

Ist Lichtmeß ein Dunkler, wird der Bauer ein Junker. (Eif.)

> Wenn's um Lichtmeß warm ist, baut sich der Bär seine Höhle; friert's um Lichtmeß, so beginnt er, sie zu zerstören,

ist nicht minder je nach den Ländern am Dachse, am Fuchse und am Wolfe gemacht worden. Nur ist man uneins, auf wie lange sich das betreffende Thier in seine Behausung zurückzieht.

Die Deutschen sprechen:

> Scheint zu Lichtmeß die Sonne dem Pfaffen auf den Altar, so muß der Fuchs wieder auf sechs Wochen in's Loch,

oder:

> Wenn zu Lichtmessen der Bär seinen Schatten sieht, so kriecht er wieder auf sechs Wochen in's Loch;[1])

die Polen dagegen:

> Kriecht um Lichtmeß der Dachs in die Sonne, geht er auf vier Wochen wieder in's Loch;[2])

einstimmig aber versichern Deutsche, Czechen und Polen:

> So lange die Lerche vor Lichtmessen singt: so lange schweigt sie nach Lichtmessen still.[3])

Denn wenn es auch im Deutschen heißt:

> Lichtmiß,
> Winter gewiß,[4])

---

1) Wann der Wolf um Lichtmeß seinen Schatten sieht, dann geht er noch sechs Wochen in seine Höhle. (K.)
Sieht der Dachs auf Lichtmeß seinen Schatten, dann geht er noch 40 Tage wieder in seine Erde. (Mrk.)
Sieht der Bär auf Lichtmeß seinen Schatten, so kriecht er wieder auf 40 Tage in die Höhle. (Eif.)

2) Sonnt der Dachs sich in der Lichtmeßwoche,
Geht auf vier Wochen er wieder zum Loche. (Pf.)

3) So lange die Lerche vor Lichtmeß singt, so lange schweigt sie nachher. (dä.)
Früher Vogelsang,
Macht den Winter lang. (tyr.)

4) Üme Lechtmisse is de Winter wisse. (hess.)

so versichern doch die Dänen:

> Der Fuchs ist weis':
> Nach Lichtmeß geht er nicht über's Eis,

und die Czechen:

> Die Lerche muß an Lichtmeß zwitschern, und sollte sie am selbigen Tage noch erfrieren.

Während sie aber glauben:

> Kommt Lichtmeß heran,
> Ist's Ende der Schlittenbahn,

wünschen die Russen und Deutschen, daß es an Lichtmeß schneie, indem sie sagen:

> Schnee an Lichtmeß, Regen im Frühjahr,

oder:

> Wenn an Lichtmeß Schneegestöber die Wege zuweht, weht es Futter darunter, (r.)

und:

> Lichtmeß im Schnee,
> Palmtag im Klee. (d.)[1]

Die Venetianer sind zwar der Ansicht:

> Wenn es an Lichtmeß schneit, so schneit's noch siebenmal,

also ebenso oft, wie es schneien soll, wenn es an Lichtmeß heiter ist,[2]) aber dessenungeachtet sprechen sie gleich allen übrigen Bewohnern Italiens:

> Lichtmeß mit Schnee sind wir aus dem Winter,
> Lichtmeß mit Sonne sind wir noch im Winter,

oder, da in Italien statt des Schnees oft Regen fällt:

---

1) Segnet man die Kerzen im Schnee,
Weihet man die Palmen im Klee. (Eif.)

2) Wenn Lichtmeß heiter ist, wiederholt sich der Schnee noch sieben Mal. (v.)

Ist's an Lichtmeß regnerisch, sind wir aus dem Winter; ist Sonne oder Wind, sind wir d'rin (a.: mitten d'rin, o.: haben wir noch 40 Tage lang Winter).[1])

Die Brescianer allein halten selbst den Regen für schädlich, weshalb sie versichern:

Wenn es an Lichtmeß schneit, sind wir aus dem Winter; wenn es aber regnet oder windig ist, haben wir ihn noch 40 Tage,[2])

und die Esthen behaupten ebenfalls:

Wenn der Ochs zu Lichtmeß unter der Trause trinken kann, so findet des Hahns Schnabel am Mariä-Verkündigungstage (25. März) kein Naß,

oder:

Wenn der Hahn zu Lichtmeß unter der Trause trinken kann, so findet der Mann zu Michaelis keinen Tropfen unter dem Fasse,

sowie auch die Basken erklären:

Kalte Lichtmeß, guter Winter;
Warme Lichtmeß, Winter nach Ostern.

Bei den Esthen gilt Mariä Reinigung als Anfangstermin der Berechnung ihrer landwirthschaftlichen Verrichtungen, die sie in den Worten zusammenfassen:

In 7 das Schwein, in 8 das Vieh auf die Weide, in 10 das Pflügen (d. h. von Lichtmeß sind es 7 Wochen, bis man Schweine austreibt; 8 Wochen, bis das Vieh auf die Weide geht, und 10 Wochen bis zur Pflugzeit),

---

1) Wenn es an Lichtmeß regnet, sind wir aus dem Winter 'raus; wenn es aber heiter ist, sind wir so schön als möglich d'rin. (m.)

Wenn es am Lichtmeßtage regnet, sind wir aus dem Winter heraus; ist es wolkig, giebt's noch ein Runzelchen voll; ist es aber heiter, giebt's noch ein Zweigchen. (t.)

2) Giebt Lichtmeß Schnee uns oder Schnei'n,
So wird's bald nicht mehr Winter sein;
Giebt sie statt dessen Sonn' oder Regen,
Noch 40 Tage Winter deswegen. (b.)

und in Rußland, wie in Galizien, heißt es:

An Mariä Reinigung begegnet sich der Winter mit dem Sommer.

Die Franzosen aber bezeichnen das Fest des hl. Blasius (3. Febr.) als den Tag, wo die Kälte aufhört, oder sich erneuert, um dann noch lange zu währen:

A la fête de st. Blaise
Le froid de l'hiver s'apaise;
S'il redouble et s'il reprend,
Bien longtemps après il se sent,

und legen namentlich dem 4. Febr. eine große Bedeutung bei, weshalb sie sagen:

Habet wohl Acht auf den Tag nach St. Blasius: ist er klar,
Verkündet er ein sehr fruchtbares und glückliches Jahr.
Schneit's und regnet's, giebt's Theuerung; ist's neblig, Sterben;
Ist es windig, so sehen wir, daß März sein Banner fliegen läßt.

Die Italiener wiederum nehmen den 3. Febr. als Beginn des Thauwetters an:

An St. Blasius wird die Erde bequem (zur Bearbeitung), (v.)

oder:

An St. Blasius große Pfützen, (m.)

wogegen die Czechen den 5. Febr., und die Deutschen den 6. für besonders schneereich zu halten scheinen, da sie versichern:

Die hl. Agathe ist reich an Schnee, (cz.)

und:

Sanct Dorothee
Bringt den meisten Schnee. (d.)

Die Rheinländer aber sehen den 11. Febr. als Kälte bringend an, indem sie sprechen:

St. Severin
Wirft den kalten Stein in den Rhin,
St. Gertrud mit der Maus
Holt ihn wieder heraus. (K.)

Wie die Slovenen vom 10. Febr. behaupten:

Schönes Wetter am Tage der hl. Scholastica deutet auf gute Bienen und schönes Frühjahr,

so glauben die Franzosen vom 12. Febr.:

Ist der Tag der hl. Eulalia voll Sonnenschein,
So giebt's im Jahr viel Aepfel und viel Aepfelwein,

während in den italienischen Wetterregeln der 14. Febr. eine wichtige Rolle spielt.

An St. Valentinstag ist der Frühling nah',

heißt es in allen Dialekten;

An St. Valentin ist das Eis dünn,[1])

im Bergamaskischen, und:

An St. Valentin blüht der Schlehdorn,

in der Lombardei.

Daher geben die Mailänder und Venetianer den Rath:

An St. Valentin fang' an, den Garten zu besorgen,

und nur im Friaul fürchtet man an diesem Tage noch so starken Frost, daß man zu sprechen pflegt:

An St. Valentein
Friert's Rad mitsammt der Mühle ein.

Nicht mindere Bedeutung legen die Deutschen und Engländer der Fastnacht bei.

Geht am Fastnachtsdienstag die Sonne früh auf, geräth die Frühsaat wohl;[2])

---

1) An St. Valentin trägt das Eis (nur) einen Distelfinken. (v.)

2) Wenn am Fastnachtstag die Sonne früh aufgeht, werden die Feldfrüchte früh reif. (tyr.)

Wenn an Fastnacht die Sonne scheint, soll die erste Ernte (Winterkorn und Weizen) schön sein;[1])

Ist die Fastnacht klar und hell,
Führt man den Pflug auf'n Acker schnell,

und:

Ist an diesem Tag gut Wetter, gerathen die Erbsen,

sagen die Ersteren;

Donner am Fastnachtsdienstage bedeutet Wind und Ueberfluß an Obst und Getreide,

und:

Soviel die Sonne an diesem Tage scheint, wird sie jeden Tag in den Fasten scheinen,

die Letzteren.

Auch heißt es in Deutschland:

Wenn's nach Fastnacht lange Eiszapfen giebt, wird der Flachs schön lang,

und:

Trockene Fasten, gutes Jahr,

und in manchen Gegenden ist man der Ansicht, daß sich aus dem Wetter der Aschermittwoch die Witterung des Frühlings, und aus dem der ihr folgenden drei Tage die der andern drei Jahreszeiten erkennen lasse.

Ebenso glaubt man:

Wie das Wetter an Aschermittwoch ist, so soll's die ganze Fasten sein, (Pf.)

und:

---

1) Wenn an Fastnacht die Sonne scheint, soll's Korn gut gerathen; (Pf.)

dagegen:

Wenn an Fastnacht Schnee oder Regen fällt, werden die Hügel und Haiden voll. (slov.)

Wenn's an Aschermittwoch schneit, schneit es in demselben Jahr noch 40 Mal. (tyr.)

Noch wichtiger aber für die Bestimmung der Dauer des Winters sind der 22. und 25. Februar. Wie vom Blasiustage, behaupten die Franzosen auch von Petri Stuhlfeier (22. Febr.):

An Petri Stuhl geht der Winter fort, wenn er nicht stärker wird,

und die Holsteiner sind fest überzeugt:

Wenn's friert op Petri Stuhlfeier,
Friert es noch vierzehnmal heuer,[1])

während man anderwärts spricht:

Die Nacht vor Petri Stuhlfeier weiset an,
Was wir 40 Tage für Wetter ha'n.[2])

Friert es in dieser Nacht nicht, so soll es nach der Meinung der Holländer gar nicht mehr frieren, weshalb man auch im Lippischen sagt:

Sünte Peiter
Geut (geht) de Winter weiter;

friert es aber, so bleibt es dem hl. Mathias überlassen, dem Rufe nachzukommen, in welchem er bei Germanen, wie Romanen und Slaven steht. Denn überall heißt es:

---

1) Wenn es Nachts vor S. Peter's Stuhl friert, dann soll es noch 40 Tage lang frieren. (b., vl.)

Petri Stuhlfeier kalt,
Die Kälte noch länger anhalt. (Pf.)

Ist's Petri Stuhlfeier kalt,
Hat der Winter Gewalt. (d.=ö.)

2) Dasselbe sagt man vom 21. Febr.:

Felix Bischof zeiget an,
Was wir 40 Tage für Wetter ha'n,

sowie vom 25. Febr.

St. Matheis
Zerbricht das Eis, (Pic.)

oder:

Matheis
Bricht's Eis;
Find't er keins,
Macht er eins, (d.)[1])

was die Czechen mit den Worten ausdrücken:

St. Mathias reißt die Brücken ein, oder baut sie.

Bricht er das Eis nicht, so spricht man in Böhmen, er habe seine Hacke verloren, und das Eis breche nun nicht eher, als bis der hl. Joseph (19. März) sie wiedergefunden und dem Mathias zurückgegeben habe. Da aber gewöhnlich das Erstere stattfindet, versichern die Czechen:

---

1) Sanct Matthies
Brikt das Ys;
Findt he keins,
Maakt he eins. (plattd.)

Sint Mathijs
Werpt eenen heeten steen in't ijs
(St. Matheis wirft einen heißen Stein in's Eis). (h.)

St. Mattheis bricht's Eis,
Wo er findet Eis;
Findet er kein Eis,
So legt er Eis. (dä.)

An S. Mattheis
Schmilzt und bricht das Eis. (frz.)

St. Mathias, wenn er Eis findet, trägt er's fort; wenn er keins findet, erneuert sich das Eis. (v.)

Findet Mathias Eis,
Zerbricht er's gleich;
Findet er kein Eis,
So macht er's gleich. (cz.)

St. Mathias verliert den Winter, oder macht ihn reich. (p.)

Heute schließt Mathias die Erde auf oder zu. (ls.)

An St. Mathias trinkt die Lerche aus dem Geleise,

und die Deutschen behaupten:

Nach St. Mattheis
Geht kein Fuchs mehr über's Eis.

Auch in Oberschlesien ruft man aus:

An St. Mathias erste Frühlingshoffnung!

und in Andalusien, wo man das Gedächtniß des Heiligen am 5. März begeht, hat man den Volksreim:

San Matías,
Marzo al quinto dia,
Entra el sol por las umbrias
Y calienta las aguas frias

(An St. Mathias, dem 5. Tag des Märzes, bringt die Sonne in den Schatten, und erwärmt das kalte Wasser).

Für ein besonders günstiges Zeichen aber hält man es in Schwaben, wenn es am 28. Februar schön ist, denn:

Romanus hell und klar,
Bedeut't ein gutes Jahr.

März.

Das Märzwetter gilt für so veränderlich, daß die Serben sprichwörtlich sagen:

Unbeständig wie der März,[1])

und die Sicilianer ausrufen:

Marzu, pazzu! März, närr'sch!

Auch die Venetianer nennen diesen Monat:

März mit den neun Farben,

und erzählen scherzhaft von ihm:

März hat seiner Mutter 'nen Pelz gekauft, und ihn nach drei Tagen wieder verkauft,[2])

um den raschen Witterungswechsel zu charakterisiren. Denn:

Der März will seine Streiche spielen; (b., v.)

Der März kennt keine Treu', bald weint er, und bald lacht er, (b.)[3])

und:

---

1) Frauengeschmack, Mädchenliebe und Märzwetter sind unbeständig. (p.)

2) März hat seinem Vater einen Mantel gekauft, und nach drei Tagen ihn wieder versetzt. (m.)

3) März (ist) ohne Treu'. (t.)

Der März, das ist ein Nickelskind,
Jetzt regnet es, jetzt schneit's,
Bald ist es schön, bald Wind. (m.)

Darum spricht man in England:

„März, viele Wetter;"

in Toscana:

Der März hat nicht einen Tag wie den andern;[1])

in Portugal:

März, Märzchen, früh Hundegesicht und Nachmittag Sommer,

und in den baskischen Provinzen:

Sonne und Wasser, Märzwetter.[2])

Indessen:

Wenn der März nicht märzt, denkt der April arg, (v.)

oder:

Wenn der März den April macht, macht April den März; (frz.)

Hell und heiter der März ganz,
Der April am Schwanz, (d.)

und:

Wenn der März mait,
Märzt der Mai, (andl.)

d. h. wenn der März wie der Mai ist, ist der Mai wie der März.

In Andalusien erzählt man, ein Schäfer habe dem März ein Lämmchen versprochen, wenn er sich gut betragen wolle. Der März ging darauf ein, und that gewissenhaft, was er gesagt. Als er aber vor seinem Weggange das Lamm verlangte, überlegte sich der Hirt,

---

1) März, Märzlein, dreie schlecht und einen (Tag) gut. (parm.)
2) Die Venetianer bezeichnen gleichfalls Regnen, das mit Sonnenschein wechselt, durch das Zeitwort marzeggiare, märzen.

dessen Heerde in ausgezeichnetem Zustande war, daß ja nur noch drei Tage übrig wären, und weigerte sich, sein Versprechen zu erfüllen. „Du willst also wirklich nicht?" frug ihn der März, „so wisse denn:

Mit drei Tagen, die mir übrig,
Und drei'n, die mir leiht mein Gevatter April,
Ich alle deine Schafe sterben lassen will,"

und machte nun sechs Tage lang ein so furchtbares Wetter mit Regen und Kälte, daß sämmtliche Lämmer und Schafe umkamen.

Es bleibt also Nichts zu thun, als den März recht „märzen" zu lassen, selbst wenn der Venetianer besorgt ausruft:

März, Märzlein,
Du machst mir krepiren die Schafe und die Hammel mein![1])

Denn:

Wenn der Pflug die Erde aufgräbt, lebt die Kälte noch, (r.)

und:

Beim Kommen oder Gehen will der März frieren lassen, (m.)[2])

oder:

Wenn der März als Wolf kommt, geht er als Schaf fort; wenn er als Schaf kommt, geht er als Wolf fort, (v.)[3])

d. h. tritt er sehr winterlich ein, endigt er mild, und tritt er mild ein, endigt er rauh.

---

1) März, Märzel,
Du willst krepiren machen die Zickel und die Schäfel! (b.)

2) Zu Anfang oder zu End'
Der März seine Gifte send't. (d.)

3) Der März, hack' ihn, kommt an wie ein Löwe, und geht fort wie ein Lamm. (nrd. engl.)

Nur ist zu wünschen, daß nicht häufig Fröste kommen, weil man glaubt:

So viel Fröste im März, so viel im Mai, (engl.)

und daß nicht zu viel Regen falle, denn, obwohl die Russen der Ansicht sind:

Kein Wasser im März, kein Gras im April,

und die Schotten behaupten:

Märzwasser ist Maiseife werth,

so heißt's doch:

Märzwasser ist schlimmer, als Flecken im Tuch; (port., sp.)
Wie's im März regnet, wird's im Juni wieder regnen, (d.)

und:

Viel Regen im März macht einen dürren Sommer. (d.-b.) [1])

Deshalb erklärt der Deutsche:

Feuchter fauler März
Ist der Bauern Schmerz,

und räth:

Märzenregen,
Sollst wieder aus der Erde segen.

Auch Nebel liebt man nicht. Der Bergamasker meint zwar:

Märznebel thut keinen Schaden, aber Aprilnebel nimmt's Brod

indessen der Franzose versichert:

Nebel im März, da regnet's bald, oder friert im Mai mehr, als man wünscht, [2])

und der Deutsche spricht:

Soviel Nebel im März, soviel Wetter (Regen) im Sommer, [3])

1) Auf Märzenregen
Wird ein dürrer Sommer entgegnen. (Pf.)

2) Nebel im März, Regen bald darauf, oder Frost im Mai. (sp.)

3) Ist der März neblig, kommen viele Hochwetter. (tyr.)

indem er selbst vom Thaue sagt:

Soviel Thau im März, soviel Reif um Pfingsten, soviel Nebel im August,[1])

und:

Soviel Thau im März — soviel Frost im Mai. (Eif.)

Märzschnee wird in Dänemark für gut gehalten:

Märzschnee ist so gut, wie halbe Düngung,

in Deutschland aber ungern gesehen, da es heißt:

Märzenschnee
Thut der Frucht (den Früchten) weh,[2])

obgleich er, nach der Ansicht der Italiener:

Märzschnee dauert vom Abend bis zum Morgen, (l.)[3])

oder:

Märzschnee währt nicht lange. (v.)

nur kurze Zeit liegen bleibt.

Märzendonner macht fruchtbar,[4])

und:

Wenn's im Märzen donnert, so wird's im Winter schneien,

behaupten die Deutschen, und die Spanier geben den Rath:

---

1) Soviel Thau' im März vom Himmel steigen,
Soviel Reifen nach Pfingsten und Nebel im August sich zeigen. (Pf.)

2) Märzenschnee
Thut Frucht und Weinstock weh. (Pf.)

Märzenschnee
Thut der Saat (dem Bauer) weh. (d.)

3) Der Märzschnee dauert so lange, wie ein schlimmer Nachbar. (sa.)

4) Donnert's in den März herein,
Wird der Roggen gut gedeih'n! (d.)

Wenn es im März donnert, bedeutet es ein gutes Jahr. (dä.)

Wenn es im März donnert, mach' die Bottiche und den Schlägel (port.: den Arm) zurecht.[1])

Die Franzosen jedoch belehren:

Wenn es im März donnert, so könnt ihr nur sagen: Leider![2])

und auch in Deutschland fürchtet man hier und da:

Donnert's im März, schneit's im Mai.

Dagegen ist Wind und Dürre höchst willkommen:

März trocken, der Bauer reich, (sa.) (v.: Brod überall);[3])

März mit Staub, wenig Stroh und sehr viel Korn; (b.)

Trockner März füllet den Keller, (d.)

obwohl es in der Rheinpfalz heißt:

März nicht zu trocken, nicht zu naß.
Füllt den Bauern Kist' und Faß;

Märzenstaub
Bringt Gras und Laub, (d.)

und:

Märzen-Winde, Aprilen-Regen
Verheißen im Mai großen Segen,[4])

wenngleich die Spanier und Portugiesen meinen:

---

1) Wenn's im März friert, hol' Kufen und Schlägel: wenn's aber im April geschieht, stell' sie wieder an ihren Platz. (sp.)

2) Si foët de l'hernu en mars,
Os pouvons dire: hélas!
(Wenn es Gewitter im März macht,
Können wir sagen: Ach!) (Pic.)

3) Mars halleux
Marie la fille du laboureux. (Pic.)
(März trocken mit Wind verheirathet die Tochter des Bauern.)

Wenn März spülen läßt (d. h. so heiter und trocken ist, daß man die Frühjahrswäsche gut beenden kann), Getreide und Polenta. (v.)

4) März windig, April regnerisch, machen den Mai heiter und angenehm. (frz.; g. ä. engl.)

März windig, April regnerisch, wird aus gutem Bienenhaus ein schlechtes.

Darum sagt der Engländer:

Ein Scheffel Märzstaub ist mehr werth, als eines Königs Lösegeld;

der Deutsche:

Ein Loth Märzenstaub ist einen Dukaten werth;

der Czeche:

Staub im März wie Gold und Silber, aber Schnee ist Gift für's Korn,

und der Italiener:

März trocken, und April naß, glücklich der Bauer, der gesä't hat!

Nur für die Gesundheit ist der März nicht günstig, wenn er windig ist:

Der Märzwind bringt die Alte in's Grab, (sa.)

und:

März
Kriegt ole Lüde by'm Sterz
(Der März nimmt alte Leute beim Sterz), (plattd.)

weshalb der Sardinier diesen Monat

Martu marzosu (März den Schändlichen,)

nennt, und der Czeche austuft:

Im März fürcht', Alter, den Tod!

Es ist dies nicht ohne Grund:

Im März weht der Wind aus der Birke, (cz.)

d. h. scharf und schneidend, und namentlich die Märzsonne hält man für so schädlich, daß es heißt:

Die Märzsonne nimm nur im Schritt (d. h. gehend oder arbeitend), (sa.)

und:

Besser, daß dich eine Schlange beiße, als daß dich die Märzsonne wärme. (ill.)

Denn:

Märzsonne klebt wie Lehm, und trifft wie ein Schlägel, (port.)

und:

Die Märzsonne drückt ihr Zeichen auf, (sa.)[1])

indem sie nicht blos verbrennt, sondern auch Kopfschmerzen macht.

Ueberhaupt fürchtet man einen zu warmen März:

März,
Der Lämmer Scherz;
April,
Treibt sie wieder in die Still'.

Nimmt der März
Den Pflug beim Sterz,
Hält April
Ihn wieder still. (d.)[2])

---

1) Die Märzsonne drückt das Zeichen auf, und die Aprilsonne die Larve.' (sa.)

März färbt, April malt, Mai macht die Frauen schön. (t.)

März färbt, April malt an, aber wer schön ist, wird es im Mai wieder, (v.)

oder:

März färbt, April malt, Mai macht die Frauen schön, und Juni macht sie zu häßlichen Scheusalen, (b.)

heißt es vom Verbrennen, weshalb auch der Rath der Aachener:

Wer haben will ein schönes Kind,
Verwahr' es vor Märzluft und Aprilwind.

2) März
Muß der Bauer den Pflug sterz,
April
Jägt er ne (ihn) widder hinner die Hell (hinter den Platz am Ofen). (frk.)

Der März kriet (kriegt) en Pfluk beim Sterz,
Der April hält en widder still. (anh.)

März nimmt die Kuh beim Schwanz. (dä.)[1])

Wenn März Gras bringt, bringt April Dreck. (l.)[2])

Märzgras thut nimmer gut, (engl.)[3])

und:

Märzengrun
Macht nicht viel zu thun. (anh.)[4])

Daher spricht der Deutsche:

Märzen-Grün soll man mit Holzschlägeln wieder in die Erde schlagen,

und:

März in der Blum' und Sommer ohne Thau,
Des wird man am Ende nicht frauh![5])

der Italiener:

Im März muß man eine Kopflerche auf dem Grunde eines Saatfeldes sehen können,

obwohl er der Meinung ist:

Se Marz no l'incodega, Mag no sega, (m.)

das heißt:

Wenn März nicht (das Grün) ansetzt, schneidet der Mai nicht; (l.)[6])

---

1) März kriegt die Kuh beim Sterz. (hess., wstph.)

2) Märzertrag will April vergeuden. (dä.)

Was der März nicht will,
Das frißt der April. (d.)

3) Märzen-Grön
Is nig schön (nicht schön). (plattd.)

4) März grün,
Jungfrau kühn. (d.)

5) Märzenbluth ist nicht gut;
Aprilenbluth ist halb gut;
Maienbluth ist ganz gut. (d.)

6) März setzt an, und Mai schneidet. (m., v.)

der Däne:

Ein zanksüchtiger Geistlicher, eine Jungfrau ohne Scham, und eine Blume im März nehmen ein schmutziges Ende,

und der Spanier:

Weder auf Blüten im März, noch auf Frauen ohne Scham (rechne).

Dagegen räth der Spanier gleich allen Romanen dringend an, im März den Weinstock zu beschneiden, denn:

Der Weinberg bedarf nicht des Gebetes, sondern der Haue, (bulg.)

d. h. man muß selbst Hand anlegen, wenn man Wein haben will, und:

Wer einen Weinberg sein nennt, beschneide ihn im März. (b., m., v.)

weil es heißt:

Schneide früh, schneide spät,
Nichts ist so gut, wie Schnitt im März. (frz.)

und:

Wer nicht beschneidet im März, liest in den Schooß. (port.)

Den 1. März hält man in Rußland für maßgebend in Bezug auf das Wehen des Windes, indem man behauptet:

Von woher der Wind am Tage der hl. Eudokia kommt, weht er fast den ganzen Frühling und Sommer hindurch.

Auch sagt man in Rußland:

St. Eudokia schneit den Hund bis an die Ohren ein,

und:

Ist St. Eudokia gnädig, ist sie kothig.

Der Tag der 40 Märtyrer, welcher in der griechischen Kirche auf den 9., in der römischen auf den 10. März fällt, hat die Bedeutung, welche man ihm zuschreibt, wahrscheinlich seinem Namen allein zu verdanken. Denn:

> Wie das Wetter auf 40 Ritter ist, so bleibt es 40 Tage lang,

heißt es in Deutschland;

> Regnet es am Tag der 40 Märtyrer, regnet es 40 Tage,

in der Lombardei, und:

> Wenn's am Tag der 40 Märtyrer gefriert, so gefriert es noch 40 Nächte,[1])

in Belgien, Böhmen, Deutschland und Rußland.

Friert es nicht an diesem Tage, so erwarten die Deutschen ein fruchtbares Jahr, während die Russen der Ansicht sind, daß sich das Wetter des Peter- und Paulstages nach dem der 40 Märtyrer richte, da sie versichern:

> Wie die Vierzig, so Peterstag.

Das Fest des hl. Gregorius, welches am 12. März gefeiert wird, galt früher als der Tag der Frühlingsnachtgleiche, so daß ein Volksreim in Deutschland und Böhmen lautet:

> St. Gregor und das Kreuze (14. Sept.) macht
> Den Tag so lang gleich als die Nacht.

Deshalb nehmen auch die Czechen an:

---

1) Vierzig Märtyrer (Frost), vierzig Morgenfröste. (r.)
Friert's am Martyrertag recht,
So friert's noch vierzig Nächt'. (dä.)

An Gregori fliegt der Storch über's Meer;
An Gregori öffnet der Frosch das Maul,

und:

An Gregori schwimmt das Eis in's Meer.[1])

In Kärnten heißt es:

An Gregorii einen Regenguß auf das Haupt, die Hacke auf dem Buchweizenfeld, (slov.)

und in Wälschtyrol steigt man am Gregoritag auf hohe Bäume und horcht, ob der Wind gehe. Ist es der Fall, muß man sich die Handschuhe flicken, weil es noch kalt wird. Im Etschland dagegen glaubt man:

Geht um Gregori der Wind,
Geht er, bis St. Jörgen (24. Apr.) kimmt,

und in Venedig behauptet man:

Wenn es am Gregoriustage windig ist, weht 40 Tage lang der Wind,

eine Meinung, die in der Lombardei auch am 3. März haftet.[2])

Noch schlimmer ist es, nach der Ansicht der Bewohner von Flaas, wenn es am 19. März windig ist, denn:

Wenn am Josephitag der Wind geht, weht er das ganze Jahr hindurch,

während man in Schwaben versichert:

Wenn es am Josephitage schön ist, so folgt ein gutes Jahr,

und in Oberitalien diesen Tag als das Ende des Winters betrachtet, indem die Venetianer gleich den Brescianern erklären:

---

1) An St. Gregorii fließen die Flüsse in's Meer. (cz.)
2) Wenn am 3. März der Wind geht,
Vierzig Tage lang er weht. (m., v.)

Da Sant Isepo
Le sisile passa 'l teto:
Passa o no passa, el fredo ne lassa
(An St. Joseph fliegen die Schwalben über's Dach:
Fliegen sie, oder fliegen sie nicht, die Kälte verläßt uns),

und die Mailänder darum als Regel angeben:

An St. Joseph legt man den Bettwärmer weg.

Gleichwohl ist die Kälte noch nicht vorüber.

In Rußland, wo man bereits vom 11. Febr. (a. St.) spricht:

St. Blasius stößt dem Winter die Hörner ab,

und vom 17. Märze sagt:

An Alexej gießt das Wasser von den Bergen,[1])

heißt es zwar vom 25. März:

An Mariä Verkündigung hat das Frühjahr den Winter überwunden,[2])

---

1) In Deutschland, wo dieser Tag dem Gregorianischen Kalender gemäß der hl. Gertrude geweiht ist, heißt es:

Gertrude nutzt dem Gärtner fein,
Wenn sie sich zeigt mit Sonnenschein;

Sünte Gädriud
Geit de eiste Görnerske int (wstph.)

(St. Gertraud, geht die erste Gärtnerin aus, weil diese Heilige als die erste Gärtnerin verehrt wird.)

St. Gertrud bekommen die Bienen den Flug, die Pferde den Zug, und den Schafen hängt man die Krippe auf,

oder:

Es führt St. Gertraud
Die Kuh zum Kraut,
Die Bienen zum Flug
Und die Pferde zum Zug,

und:

Gehen die Kühe St. Gertrudis nicht im Klee,
So gehen sie noch im Schnee. (Eif.)

2) An Mariä Verkündigung (ist) das Rind voll Uebermuth. (bs.)

aber dennoch behaupten die Czechen:

Mariä Verkündigung verkündigt das Frühjahr, jagt aber den Winter noch nicht aus;

die Bosnier:

Mariä Verkündigung
(Ist nur) Erzählung,

um anzudeuten, daß sie nicht den Sommer bringt, und selbst die Russen nennen noch den 27. März:

St. Matrona die Frostbringerin.

Die Venetianer halten es sogar für ein günstiges Vorzeichen einer guten Ernte, wenn es in der Nacht vom 25. März kalt ist, und die Mailänder fürchten wenigstens den Frost nicht mehr, indem sie versichern:

Wenn am Marientag im März Reif fällt, thut er keinen Schaden mehr.

Die Russen dagegen sehen es gern, wenn es an diesem Tage regnet, denn:

Regen an Mariä Verkündigung erzeugt Korn,

und:

Wie es zu Mariä Verkündigung ist, ist es auch zu Ostern,

und in Belgien behauptet man:

Ist vor Sonnenaufgang heller Himmel, so daß die Sterne schön leuchten, ist ein gut Wetter zu allen Dingen zu hoffen.

In Frankreich gilt der 24., in Tyrol der 25. März als Ankunftstag der Schwalben:

Mariä Verkündigung
Die Schwalben kommen wiederum, (Etschld.)

welche in Oberitalien bald am 12., bald am 19. oder

21. März erwartet werden,[1]) und in Niederdeutschland heißt es:

> Mariekchen pustet dat Licht uth, Michel (29. Sept.) steckt et wedder an,[2])

weil an Mariä Verkündigung die Arbeiten bei Licht aufhören, die zu Michaeli wieder anfangen.

---

1) An St. Gregor, dem Papst, fliegen die Schwalben über's Wasser. (b., v.)

An St. Benedikt ist die Schwalbe auf dem Dach. (b., v.)

2) Am Marientag im März legt man sie nieder,
Am Marientag im September (8. Sept.) holt man sie wieder (d. h. die Lampe). (m.)

April.

So sehr man im März die Nässe fürchtet, so gern sieht man den Regen im April. Denn:

April mit Regen, fruchtbar Jahr; (v.)[1])

Der Regen des Monats Nisan (vom 21. März an) bringt im Meer die Perlen, und in der Erde den Weizen hervor (ar.)[2]);

Aprilenflut
Führt den Frosch weg mit seiner Brut; (d. u. engl.)

Nasser April
Verspricht der Früchte viel; (Pf.)

Im April Schauer, im Mai Thaue; (frz.)[3])

Auf nassen April folgt ein trockner Juni, (d.)

und:

April dürr taugt zu Nichts. (engl.)

Daher versichert der Araber:

Das Regenwasser des Monats Nisan erfreut des Menschen Herz;

---

1) April mit Regen, Mai heiter und mit Wind
Zeichen eines schönen und reichen Jahres sind. (frz.)
April mit Regen, September mit Bier. (r.)

2) Die Araber glauben nämlich, daß die Perlen aus den in's Meer herabfallenden Regentropfen entstehen.

3) Aprilschauer bringen Blumen im Mai. (engl.)
Aprilflöcklein bringen Maiglöcklein. (d.-b.)

der Franzose:

Aprilregen ist David's Wagen werth (frz.)[1];

der Deutsche:

Dürrer April
Ist nicht des Bauern Will';
Aprilen-Regen
Ist ihm gelegen,[2])

und der Däne:

Aprils Nässe ist des Bauern Freude.

Auch der Mailänder fleht den Himmel an:

Im April Regen, Regen, damit wir die Garbe stark machen können!

der Andalusier bekundet seine Nächstenliebe mit dem Wunsche:

Regne es für mich im April und Mai,
Und für dich das ganze Jahr,[3])

---

1) Regen zwischen April und Mai ist mehr werth, als die Ochsen mit dem Wagen. (it.)

Jeder Regen im Monat Nisan ist besser, als Pflugschar und Gespann von Ackerochsen. (ar.)

Ein Regen im Mai und dreie im April sind so gut wie tausend. (port.)

2) Der dürre April
Ist nicht der Bauern Will',
Sondern das Prillenregen
Ist ihnen gelegen. (d.)

Trockner April ist nicht des Landmanns Will'. (Eif.)

Dagegen heißt es ausnahmsweise in der Umgegend von Münster, sowie bei Marsberg in Kurhessen:

Ein trockner April
Ist der Bauern Will',

und in Franken:

Aprilstaub ist jedes Loth einen Dukaten werth.

3) Dir regne es das ganze Jahr, und mir nur im April und Mai. (port.)

und der Provençale ruft mit südlicher Emphase aus:

> April hat 30 Tage: wenn es 31 regnete, würde es Niemandem Schaden bringen,

was die Italiener trotz ihrer Spötteleien:

> Im April (regnet's) einen Tropfen jeden Tag, und oft den ganzen Tag, (t.)[1])

und:

> Im April regnet's sieben Mal den Tag, (v.)[2])

Wort für Wort bestätigen.

Nur ist man darüber uneins, ob es beim Regnen kalt, oder warm sein soll.

Die Deutschen sind zwar der Ansicht:

> Warmer Aprilen-Regen
> Großer Segen,

und sagen daher:

> April warm, Mai kühl, Juni naß.
> Füllt dem Bauer Scheu'r und Faß.

sprechen aber auch ebenso oft:

> Aprilis kalt und naß,
> Füllt Scheuer und Faß,[3])

und die Spanier, Portugiesen und Franzosen erklären ganz entschieden:

> April kalt, Brod und Wein,

indem die Ersteren noch erläuternd hinzufügen:

---

1) April, Aprilchen, alle Tag' ein Tröpfchen. (b.)
April, jeden Tag ein Faß voll. (m.)

2) Sieben Mal den Tag regnet's im April,
Und dennoch wird der Mantel trocken (weil die Sonne schon mehr Macht hat). (m.)

3) Ist der April kalt und naß,
Dann wächst das Gras. (wstph.)

April kalt, füllt den Keller, naß, den Keller und das Feld,

und die Portugiesen behaupten:

April kalt und naß füllt den Keller und sättigt die Heerde.

Die Italiener halten sich vorsichtig in der Mitte, und versichern:

April gemäßigt und Mai trocken, Getreide überall,

stimmen aber mit den übrigen romanischen Völkern in dem Glauben überein, daß es nicht gut sei, wenn die Pflanzen und namentlich die Rebschossen im April zu stark treiben, denn:

Schößling, der im April treibt, bringt wenig Wein in's Faß. (frz.)[1])

und:

Wenn du im April die Reben treiben siehst, wirst du nich viel Fässer füllen. (m.)[2])

Nicht minder gemeinsam ist bei den Romanen di Behauptung:

April und Mai der Schlüssel vom ganzen Jahr,

wozu die Italiener noch bemerken:

April macht die Blumen, und der Mai hat die Ehre (m.: den Geruch) davon.

Während es aber in Brescia heißt:

Reif im April füllt das Faß,

sagt man in Mailand:

---

1) Rebschossen im April, wenig im Faß. (sp.)
Wein, der im April treibt, füllt das Faß nicht. (m.)

2) Wenn du im April gehst die Weinstöcke anbinden, o Landmann, wirst du viel Wasser trinken und wenig Wein. (t.)

Wenn es im April friert, geht die Rebe verloren,[1])

und während die Franzosen sprechen:

April regnet für die Menschen, Mai für die Thiere,[2])

um damit anzudeuten, daß der April das Korn, der Mai das Heu bringe, macht man in Oberitalien die Heuernte von der Witterung des Aprils abhängig, indem man im Mailändischen und im Bergamaskischen erklärt:

Der Aprilmonat bringt das Heu auf den Heuboden.

Da es im April in der Regel noch nicht heiß ist, nennen die Venetianer diesen Monat:

April dal dolce dormir
(April mit dem süßen Schlafen),[3])

und auch in Spanien versichert man:

Die Morgen im April sind so süß zu verschlafen.

Aus demselben Grunde aber giebt man auch in Italien und Spanien den Rath:

Den ganzen April hindurch decke dich nicht auf, (sp.)

oder, wie man sich auf der Insel Sardinien ausdrückt:

Im Monat April rühre nicht ein Haar an,[4])

---

1) Heller Mondschein im April (d. h. kalte Nächte)
Schadet der Baumblüt' viel. (Pf.)

2) Apriller — Viehfüller. (Eif.)

3) Im April ist schönes Schlafen. (b.)
Im Aprilchen ist es ein schönes „Im Bette liegen." (m.)

4) April, Aprilchen, du wirst mir den Pelz nicht ablegen machen. (t.)
Im April auch nicht einen Faden. (b.)

In Toscana heißt es:

Wenn sich der Brustbeerbaum (mit Laub) bedeckt, zieh' du dich aus; wenn er sich aber auszieht, kleide du dich an;

d. h. lege nichts von deiner Winterkleidung ab. Denn obgleich die Venetianer sprechen:

April holt die Alte aus dem Bett,[1])

so lauten doch andere italienische Sprichwörter:

April läßt die Alte in's Bett zurückkehren,

oder:

Im April kehrt der Hund auf sein Lager zurück,

und in Deutschland behauptet man:

Ist der April auch noch so gut,
Schneit's dem Bauern auf den Hut.[2])

Ja, es heißt sogar:

April der sanfte, wenn er bös wird, ist's der schlimmste von allen, (Pic.)[3])

und bei den Czechen, wie bei den Germanen, steht er in ebensolchem Rufe der Veränderlichkeit, wie der März in Serbien und Polen:

Aprilwetter und Herrengunst,

---

in Venedig:

Vestite talpon, despogite poltron:
Despogite talpon, vestite poltron

(Bekleidet sich die Pappel, leg' die Winterkleider ab;
Entkleidet sich die Pappel, leg' die Winterkleider an).

1) Im April geht die Alte aus dem Bett, und die Junge will nicht heraus. (t.)

2) Der April ist nicht so gut,
Er beschneit dem Ackersmann den Hut. (Pf.)

Es giebt keinen so hübschen Aprilmonat, der nicht seinen Hut voll Graupeln hätte. (frz.)

Es ist kein Aprilmonat so schön, daß er nicht seinen Hut voll Kälte hätte. (Pic.)

3) April
Frißt der Lämmer viel. (th.)

sagen die Ersteren, um Etwas anzudeuten, worauf sich nicht bauen läßt;

Aprilwetter ist unbeständig,[1])

die Dänen, und die Deutschen erklären geradezu:

April
Thut, was er will.

Namentlich:

Im Anfang oder zu Ende pflegt der April schlecht zu sein, (sp.).

und die Engländer entschuldigen ihn mit den Worten:

Der April borgt sich drei Tage vom März, und die sind schlimm.

Indessen thut das nichts:

Wenn April bläst in sein Horn,
So steht es gut um Heu und Korn, (d., engl.)

und:

Ist der April schön und rein,
Wird der Mai dann wilder sein; (d.)

Aprilenschnee düngt, Märzenschnee fritzt (tyr.: frißt), (Pf.)

und:

Nie ist April so schlimm, daß er nicht Laub und Gras brächte. (dä.)[2])

Als besonders günstiges Zeichen aber gilt es, wenn es im April donnert, denn:

---

1) April weint bald, bald lacht er. (it.)
April, Aprilchen, einen Tag warm, einen Tag kalt. (b.)

2) Der April
Mag sein, wie er will,
Er bringet Laub und Gras,
Und macht er's auch noch so gut,
Macht er doch dem Bauer 'nen weißen Hut. (anh.)
Kein April ohne Dorn. (frz.)

So es im April donnert, hat man keine Reife mehr zu befürchten, (Pf.)

und darum heißt es in Frankreich:

Wenn es im April donnert, freut sich der Landmann,[1])

oder:

En avril s'il tonne
C'est nouvelle bonne.

Obgleich der April als „wetterwendisch" bekannt ist, trauen ihm doch die Italiener eine große Beständigkeit zu, denn die Venetianer glauben:

Tre aprilanti,
Quaranta somiglianti
(Wie die ersten 3 Apriltage, so 40 ähnliche),

oder:

(Wie am) 1., 2. und 3. April, (so) 40 Tage lang,

und die Toscaner versichern sogar:

(Wie es) am 3. April, (ist es) 40 Tage lang.

In Deutschland wagt man von diesem Tage nur zu behaupten:

Bringt Rosamunde Sturm und Wind,
So ist Sibylle (29. April) uns gelind,

und in Frankreich hält man den 4. April für einflußreich auf das Wetter der ihm folgenden acht Tage, indem man spricht:

---

1) Wenn es im Monat April donnert,
Klein und Groß sich freuen soll;
Wenn es aber im Maimonat donnert,
Klein und Groß weinen muß. (Pat.)

J'ay entendu dire toujours,
Quand s. Ambroise fait neiger.
Que nous sommes en grand danger,
D'avoir du froid plus de huit jours.

(Ich habe immer sagen hören, daß, wenn Ambrosius schneien läßt, wir in großer Gefahr sind, mehr als 8 Tage Frost zu haben.)

Ist Palmsonntag hell und klar,
So giebt's ein gut und fruchtbar Jahr, (d.)

aber, wie man in der Lombardei annimmt, Regen am Ostertag, denn:

Entweder auf die (geweihten) Oelzweige, oder auf die Eier will es regnen, (b.)

oder, wie es in Venedig heißt:

Oelzweig trocken, und Eier naß;
Oelzweig naß, und Eier trocken.[1])

Fällt dagegen Schnee an diesem Tage, so fürchtet man laut dem Sprichwort:

Wenn's schneit in die Palm',
Schneit's Vieh aus der Alm,[2])

im Inn= und Lechthal noch einen Nachwinter, und auch vom Regen am Palmsonntag versichert man in vielen Gegenden Deutschlands:

Wenn's am Palmsonntag regnet, so hält die Erde keine Feuchtigkeit,

weshalb in der Eifel als Regel gilt:

Wenn es regnet auf Palmtag,
Dann säet man den Flachs an den Bach.

---

1) Regnet's nicht auf die Oelzweige, so regnet's auf die Eier. (b., v.)
Wenn es auf das Oelzweiglein regnet, regnet's nicht auf die Osterbrezel. (v.)

2) Schneit's am Palmsonntag in die Palmen,
Schneit's später in die Garben. (tyr.)

In noch schlimmerem Rufe steht Charfreitagsregen, da man in Deutschland, Böhmen und den Niederlanden meint:

Wenn's dem Herrn Christus in's Grab regnet, giebt's einen trockenen Sommer,

oder, wie der Czeche spricht:

Charfreitag regnerisch
Macht das Jahr durstig,

und die Bergamasker ihrerseits behaupten:

Wenn es am Charfreitag regnet, regnet es den ganzen Mai.[1])

Am Ostertage werden von den Vlamingen Ost- und Nordostwinde gern gesehen, wenn andere Winde nicht den Charfreitag verdorben haben, und in der Eifel sagt man:

Wenn auf Ostertag die Sonn' hell scheint,
Der Bauer bei seinem Korn auf dem Speicher weint;
Ist Ostertag ähnlich der Nacht,
Er in die Fäuste lacht,

indem man hinzusetzt:

Regnet es auf Ostertag eine Thrän',
Dann wird das Korn bis in die Sichel vergeh'n.[2])

Anderwärts glaubt man:

Regnet's am Ostertag, so regnet's alle Sonntag',

und in der Grafschaft Mark hat man die Ansicht:

---

1) Regnet es am Tag vor Ostern, giebt es viel Regen zwischen Ostern und Pfingsten. (d.-b.)

2) Wenn es regnet am Ostertag,
So geräth's dürre Futter, so heißt die Sag'. (Pf.)

Osterregen bringt magere Kost, Ostersonne fette und reichliche. (d.-b.)

Wo der Wind von Charfreitag bis Ostern herkommt, da bleibt er ein Vierteljahr.

Auf der Insel Sardinien sieht man es am liebsten, wenn der Ostertag in den März fällt, denn:

Ostern im März, Brodjahr,

aber die Venetianer trösten sich mit den Worten:

Ostern mag spät oder früh kommen,
Es kommt mit Blättern und Laub,[1])

und auch die Deutschen versichern:

Komm die Ostern wann sie will,
So kommt sie doch im April.[2])

In Spanien fürchtet man nach Ostern wieder Kälte, und spricht daher:

Gut sind Aermel, wenn Ostern vorbei ist;

in Rußland dagegen hofft man mit dem 5. April auf Wärme, indem man sagt:

Theodul — hat den Frühlingswind angeblasen,

und in Italien hält man den 8. April für den Tag, an welchem der Verkündiger des Frühlings, der Kukuk, einzutreffen pflegt,[3]) während man ihn in England und Böhmen am 14., in Deutschland am 15. erwartet.

---

1) Ostern komme wann es wolle,
Es kommt (b.: stets) mit Laub und Blättern. (v., l.)
Mag es wollen, oder nicht, Ostern kommt mit Laub (m.: mit seinem Laub). (v.)

2) Spät oder früh, im April kommt Ostern. (port.)

3) Am 8. des Aprils, da soll der Kukuk kommen,
Kommt er am 8. nicht, ist todt er oder gefangen;
Und kommt er am 10. nicht, so ist er gefangen im Zaun,
Und kommt er am 20. nicht, so ist er gefangen im Korn,
Und kommt er am 30. nicht, so aß ihn der Hirt mit Polenta. (v.)

In der Eifel heißt es deshalb:

Am 15. April der Kukuk singen soll,
Und müßt' er singen aus einem Baum, der hohl,

und in Harth bei Büren legt man dem Kukuk die Worte in den Mund, oder vielmehr in den Schnabel:

Jei (ihr) könnt räupen (rufen), wanneer dät jei willt,
Ik (ich) räupe nit eher bis den feifteinten (15.) April.

Für besonders bedeutungsvoll gelten der Georgs- und Marcustag, der 23. oder 24. und 25. April.

Es giebt keinen Sommer vor Georgi, und keinen Bruder, so lange die Mutter nicht niederkommt,[1])

versichern die Serben, und die Russen sagen:

Georg mit Wärme, Nikolaus (9. Mai) mit Futter,

oder:

St. Georg füttert die Kühe, Nikolaus die Pferde, der hl. Elias (20. Juli) beginnt den Schnitt, die allerreinste Mutter Gottes (8. Sept.) beendet ihn, und die Fürsprecherin Maria (1. Okt.) räumt das Feld.

Die Esthen sprechen:

Georg bläst des Laubholzes Rinde los,

um auszudrücken, daß am Georgentage sich die Rinde vom Laubholz löst, und glauben in Harrien, daß man, wenn an diesem Tage die Roggensaat grünt, zu Jakobi (25. Juli) frisches Brod essen werde.

In Wierland hält man ein vor Georgi gehörtes Gewitter für das Vorzeichen eines kühlen Sommers, und schließt aus dem Umstande, ob die Gewitterwolke

---

1) In Oberschlesien ruft man vom 23. April, dem Adalbertstage, aus:

St. Adalberti, Sommertrost!

vom Meer her aufsteigt, oder nicht, auf einen gesegneten oder schlechten Fischfang, und in Allentacken behauptet man:

> Wenn's in der Nacht vom 24. zum 25. April nicht friert, wird das Sommerkorn noch vor den Herbstfrösten reifen.

Die Czechen trauen den beiden Heiligen nicht viel Gutes zu, indem sie sagen:

> Georg und Mark erschrecken uns durch Frost,

und auch in Deutschland heißt es:

> Sanct Georg und Sanct Marc's
> Drohen viel Arg's;[1])

> Hat vor Georgi der Regen gemangelt, kommt nachher desto mehr,

und:

> Ist Georgi (der Marcustag) schön und warm, folgt rauhes, nasses Wetter,

denn:

> So lange die Frösche quaken vor Marcustag,
> So lange schweigen sie darnach.[2])

Darum erklärt man in Böhmen:

> Was wir bis Georgi an Wein sehen, das lesen wir nicht an St. Galli (16. Okt.);

in Würzburg spricht man:

---

1) St. Marc's dräut oft viel Arg's. (d.-ö.)

2) So lange die Frösche vor Marki schrei'n,
Müssen sie nachher stille sein. (rh.)

In Frankreich dagegen heißt es vom 25. März:

Avant Bonne-Dame de Mars,
Autant de jours les raines chantent,
Autant par après s'en repentent.

(Soviel Tage die Frösche vor U. L. F. im März quaken,
Soviel werden sie es nachher bereuen.)

Sind die Reben um Georgi noch blind,
Soll sich freuen Mann, Weib und Kind,[1])

und in der Champagne ruft man aus:

St Georg, St. Marc und St. Nicolas sind drei schlimme Burschen!

Die Russen dagegen sehen es nicht ungern, wenn der Georgstag kalt ist, da sie glauben:

Wenn es an Georgi friert, giebt's auch unter den Gebüschen Hafer,

oder:

Ist an Georg im Winter (26. Okt.) und im Frühjahr (23. Apr.) Frost, wird's Gerst' und Hafer geben.

In Oberitalien fürchtet man den Regen am St. Georgstage, weil es dann wenig Feigen geben soll:

Aqua de san Giorg, carestia de fich
(Regen an Georgi, Mangel an Feigen), (m.)

während man auf der Insel Sardinien auf viel Septemberfeigen rechnet, wenn es am Vorabend des Festes von St. Marcus sprüht.[2]) In Frankreich wiederum macht man sich auf eine schlechte Ernte gefaßt, wenn am St. Marcustage Regen fällt, indem es sprichwörtlich heißt:

Quand il pleut le jour de st. Marc,
Il ne faut ni pouque, ni sac.

Die Deutschen haben den Grundsatz:

Auf Sanct Gürgen
Soll man die Kuh von der Weide schürgen (jagen),

---

1) Wenn die Reben um St. Georgi sind noch blott und blind,
Soll freuen sich Mann, Weib und Kind. (Pf.)

2) In sa vigilia de Sanctu Marcu si faghet abbitta,
Abbundantia de figu cabidannitta. (sa.)

weil von da ab „die Wiese in's Heu gehet," also geschont sein will, und meinen, ein gutes Getreidejahr erwarten zu dürfen, wenn zu Georgi das Korn hoch steht, weshalb die Schlesier sagen:

Zu Jürgetag soll man die Krähe in der Saat nicht mehr sehen,

und die Oesterreicher die Versicherung geben:

Hohes Korn' zu St. Gürgen,
Wird Gutes verbürgen.

Wehe aber, wenn es am 28. April noch friert, denn:

Friert es auf St. Vital,
So geschieht's noch funfzehn Mal, (d.)

so daß man sehr leicht in den Fall kommen könnte, mit den Maltesern sprechen zu müssen:

Wir haben die Monate schlecht berechnet.[1])

---

1) So sagt man nämlich auf der Insel Malta, wenn es außer der Zeit sehr kalt oder sehr warm ist, oder regnet.

Mai.

Allegru que Maju,
(Heiter wie der Mai),

pflegt man auf der Insel Sardinien Jemand zu nennen, der, ein vor Glück und Freude strahlendes Gesicht zeigt denn:

Der Mai ist der schönste Monat im Jahre, (m.)

oder:

Der Mai hat nicht seines Gleichen, (l.)

und wird deshalb auch von den Engländern:

The merry month of May
(Der lustige Monat Mai),

genannt. Nur die Russen rufen kopfschüttelnd:

Ei, ei, Herr Mai, warm, aber hungrig![1])

und die Venetianer sprechen bedenklich:

---

1) Wenn die Bohnen blühen, sieht's schlimm um's Brod aus aber wenn der Mohn blüht, ist's nicht so. (g.)

Wenn man singt: Komm heiliger Geist (d. h. zu Pfingsten),
Kost't das Korn am allermeist, (frk.)

wogegen man anderwärts sagt:

Zu Pfingsten
Gilt das Korn am mindsten.

Der Mai gierig, ein langer Monat![1])

weil gewöhnlich die Kornpreise steigen, und der Arme keine Vorräthe mehr hat.

Darum rathen auch die Portugiesen:

Sommerweizen, iß ihn nicht, noch gieb ihn weg, sondern heb' ihn für den Mai auf,

indem sie hinzufügen:

Der Mai ißt den Weizen, und der August trinkt den Wein,

da in diesem Monat die neue Weinlese, in jenem die Ernte nahe bevorsteht. Wie jedoch beide ausfallen werden, hängt hauptsächlich von der Witterung des Maies ab, denn:

Im Mai wird Korn und Wein geboren, (frz.)

und diese wird deshalb je nach den Ländern verschieden gewünscht:

Mai kühl und naß
Füllt dem Bauer Scheuer und Faß,[2])

---

1) Es ist der Mai mit den langen Zähnen, und der arme Landmann ohne Korn. (m.)

Im Monat Mai sticht der Schuster seine Frau mit der Ahle (weil kein Brod da ist). (sa.)

2) May koolt un natt,
Füllt Huus, Keller, Schün' (Scheune) un Fatt. (hlst.)

Mai kühl und naß
Füllt Keller, Boden und Faß. (Hrz.)

Ein kühler Mai und naß dabei,
Giebt viel und gutes Heu. (Eif.)

Maimond kühl und Brachmond naß
Füllt den Boden und das Faß. (d.)

Kühler Mai und naß,
Viel Korn und ein voll Faß. (h.)

Der Mai kühl, der Brachmonat nicht naß,
Füllet dem Landmann Speicher, Keller, Kasten und Faß. (Pf.)

heißt es in Norddeutschland;

Abendthau und kühl im Mai,
Bringt Wein und vieles Heu,

in der Rheinpfalz;

Kühler Mai, volle Kasten,

oder:

Kühler Mai
Bringt Stroh und Heu,[1])

in Tyrol;

Den Mayen voll Wind
Begehrt das Bauerngesind,

in der Schweiz, und:

Maimond kalt und windig
Macht die Scheuer voll und pfündig,

in England.

Die Franzosen dagegen sprechen:

Mai kalt macht Niemand reich,

und in Oberitalien wiederum sagt man:

Mai kühl. Stroh und Korn. (m., v.)

und:

Mai kühl und windig macht das Jahr fruchtbar; (m., v.)

in der Picardie:

Kühler Mai und warmer Juni geben gutes Brod und guten Wein;

---

1) Kühler Mai,
Bringt { Allerlei. / gut Geschrei. / Gras und Heu. (d.)

Kühler Mai
Giebt guten Wein und vieles Heu. (d.)

Köler Mai
Gift veel Heu. (plattd.)

Kühler Mai in der Scheuer Paradeis. (cz.)

bei den Basken:

Mai kalt, fröhliches Jahr;

in Spanien:

Im Mai kalt, vergrößere deinen Speicher,[1])

und in Portugal:

Mai naß, wird das Korn sehr körnig.

Während aber fast alle romanischen Völker gleich den Basken behaupten:

Regen im Mai, Brod für das ganze Jahr, (frz., sp., port., sic.)

und die Bergamasker versichern:

Koth im Mai, Aehren im August,[2])

ist man in Toscana und Brescia der Ansicht:

Mai trocken, Getreide überall,

und erklärt in Böhmen:

Maiwasser trinkt den Wein aus.

Aus einem ähnlichen Grunde sagen die Portugiesen:

Mai Kohlbauer
Ist nicht Weinbauer,

und theilen den Glauben der Spanier, Mailänder und Venetianer:

Der Mai Gärtner, viel Stroh und wenig Körner.

Die Deutschen meinen zwar:

Wenn der Mai ein Gärtner ist, ist er auch ein Bauer,

gestehen jedoch gleichfalls zu:

---

1) Monat Mai sucht Feuer als Tausch für Brod. (ba.)
2) Moder im Mai, Aehren im August. (frz.)
Koth im Mai, Staub im August. (Pic.)

Will der Mai ein Gärtner sein,
Trägt er nicht in die Scheuern ein.

Für sehr nachtheilig hält man in Italien die Gewitter im Mai, weshalb es heißt:

Gewitter im Mai, vollständiges Unheil, (b., t.)

und auch in Deutschland sieht man es nicht gern, wenn es häufig donnert, denn:

Donnert es oft im Mai, wird ein unfruchtbares Jahr,

wogegen die Polen zu sagen pflegen:

Häufige Gewitter im Mai zerstreuen den Bauern die Sorgen.

Ebenso wenig liebt der Deutsche heftigen Frost, weil er spricht:

Kalt und Nachtfröste schädlich sind,
Gut hingegen sein die Wind,[1])

und:

Frost im Maimond thut der Blüte Schaden,

und der Engländer fürchtet zu starke Regengüsse, da er aus Erfahrung weiß:

Eine Maiflut
That nie gut.

Auch anhaltende Hitze kommt ihm nicht gelegen, indem er behauptet:

Heißer Mai macht den Kirchhof fett,

und dieselbe Furcht vor Krankheit läßt die Landleute in der Lombardei wünschen:

Mai bewölkt und das Haus durchwärmt, dann bleibt die Magd gesund.

Die Spanier und Portugiesen dagegen betrachten es im

1) Der Frost, der im Mai kommt, schadet dem Wein,
Dem Hopfen, den Bäumen, dem Korn und dem Lein. (h.)

Grunde als ein Glück, während des Maimonats krank zu werden, weil sie das Vorurtheil haben:

Fieber (port.: Durchfall) im Mai,
Das ganze Jahr von Krankheit frei.

Gleichwohl rathen die Spanier, um vor Erkältung zu schützen:

Im Mai leg' deinen Sayo (Kittel oder Ueberwurf) nicht ab,[1])

oder:

Behalt' den Sayo im Mai,

und die Bergamasker warnen:

Bis zum 40. Mai leg' nicht die Wintersachen ab.

Ebenso gilt in Spanien als Regel:

Den Käse und die Brache mach' im Mai,

während die Bewohner Oberitaliens die Weisung geben:

Im Monat Mai versieh' dich mit Holz und Käse,

und als besonders nöthig noch den leisen Wink hinzufügen:

Wer einen guten Klotz hat, hebe ihn auf für den Mai,

denn der Mai ist in der Lombardei gewöhnlich so kalt, daß die Mailänder, wie die Venetianer, ihn mit den Worten anreden:

Mai, lieber Mai,
Dir deine Rosen, aber mir den Pelz!

---

1) Im Monat Mai rühr' nicht am Ueberwurf. (sa.)
Im Mai, wer nichts Anderes hat, dem genüge der Sayo. (port.)

Während es in Frankreich heißt:

Wenn es am ersten Maitag regnet, so sind die Quitten gepflückt (d. h. in der Blüte vernichtet),[1])

oder:

Wenn Jakob der Apostel weint, giebt es Eicheln in Fülle (sterben sehr wenig Eicheln),

sagt man in Deutschland:

Zu Philipp und Jakob Regen,
Bedeutet viel Segen,[2])

und:

Wenn am 1. Mai Reif fällt, geräth die Frucht wohl.

Auch glauben die Deutschen:

Wenn der Mai den Maien (grünes Laub) bringet,
Ist es besser, als wenn er ihn findet, (Mrk.)

oder:

Wenn sich am Maientag nur die Krähe im Korn verstecken kann, giebt's einen gesegneten Sommer,[3])

und sprechen daher:

Maitag ein Rabe,
Johannis ein Knabe.

In Oberitalien sieht man Regen in den ersten Maitagen als schädlich für die Nüsse an, weshalb die Venetianer versichern:

Wenn es am hl. Kreuztag (3. Mai) regnet, werden die Nüsse leer,

---

1) Wenn es in der Mainacht regnet, giebt es keine Kirschen. (Pic.)

2) Regen in der Walpurgisnacht
Hat stets Tenn' und Keller vollgemacht, (d.=b.)

obgleich man auch behauptet, daß, regnet es, der Boden nicht recht feucht halte und folglich das Futter nicht gedeihe.

3) Wenn der Bauer um Maitag den Weizen mit der Lampe suchen muß, dann kann er noch gut werden. (Mrk.)

und die Bergamasker den wenig trostreichen Rath ertheilen:

> So piöv a Santa Crus,
> No fa cünt sora i tò nus

(Wenn es am hl. Kreuztag regnet, rechne nicht auf deine Nüsse).

Namentlich aber hält man Regen am Himmelfahrtstage für sehr nachtheilig, indem es heißt:

Wenn es am Himmelfahrtstage regnet, hört es 40 Tage lang nicht auf,

oder:

—, sieht Alles schön aus, und ist nichts gut; (b.)

—, wird viel Stroh und wenig Samen; (v.)

—, wird spärlich Brod, (m.)

mit einem Worte:

—, wird Alles verderben. (t.)

Auch läßt der Venetianer den Winter sprechen:

> Fin al giorno dei Galilei
> No te spogiar dei pani miei

(Bis zum Galiläertage (Himmelfahrt Christi) zieh' meine Kleider nicht aus),

worin ihm der Spanier mit den Worten beipflichtet:

Lege den Pelz nicht ab, ehe die Galiläer kommen,

und der Schlesier Recht giebt in dem alten Reime:

> Der Bauer nach der alten Art
> Trägt den Pelz bis Himmelfahrt,
> Und thut ihm dann der Bauch noch weh,
> So trägt er ihn bis Bartelme.

Ebenso meint der sogenannte Wasserpolak vorsichtig:

Bis Pfingsten laß den Pelz nicht fahren, und nach Pfingsten ist es gut, im Pelz zu gehen,

und die Czechen, wie die Russen und Kleinrussen, geben

gleichfalls Pfingsten als das Ende des Pelztragens an.[1])

In Deutschland fürchtet man:

Regen am Himmelfahrtstage zeigt schlechte Heuernte an,

wobei man in der Rheinpfalz und in Schwaben noch hinzusetzt:

Wie das Wetter am Himmelfahrtstag,
So auch der ganze Herbst sein mag,

sieht es aber, entgegen der Ansicht der Italiener und Tyroler:

Wenn es am Pfingsttag regnet, gehört aller Ertrag nicht uns, (b., v.)

und:

Wenn's am Pfingstsonntag regnet, regnet's die halbe Nahrung hin, (Stubai.)

gern, wenn es zu Pfingsten regnet, denn:

Nasse Pfingsten, fette Weihnachten;
Helle Pfingsten, dürre Weihnachten,

und:

Pfingstregen,
Reicher Weinsegen.[2])

In manchen Gegenden behauptet man:

Regnet's am Pfingstmontag,
So regnet's sieben Sonntag,

---

1) Bis Pfingsten leg' den Pelz nicht ab, und nach Pfingsten geh' nur immer im Pelz. (klr.)

2) Dagegen:

Wenn's um Pfingsten regnet, verregnet es die Schnabelweide (d. h. Erdbeeren, Heidelbeeren, Kirschen u. dergl.), (Stockach.)

und:

Pfingstregen thut selten gut,
Diese Lehr' fasse in deinen Muth. (th.)

und am Rhein glaubt man:

Reife Erdbeeren um Pfingsten bringen ein gutes Weinjahr.

Die Franzosen halten den 3. und 9. Mai, welche sie scherzhaft Croisset (von ste. Croix, Kreuztag) und Colinet (von st. Nicolas) nennen, für kritische Tage in Bezug auf den Weinbau, indem sie sprichwörtlich sagen:

Georg (24/4), Marks (25/4), Jakob (1/5) und Kreuzlein (3/5),
Diese Vier machen den Markt vom Wein,

und schreiben dem Regen des 11. Maies einen ebensolchen Einfluß auf das gute Gedeihen der Eicheln zu, wie dem des 1. Mai, weshalb es heißt:

S'il pleut le jour de st. Gengoul,
Les porcs auront de glands leur soul.

(Wenn es am Tag St. Gengoul's regnet,
Werden die Schweine mit Eicheln gesegnet.)

Die Italiener rathen, am 9. Mai den Ochsen das erste neue Heu zu geben:

An St. Nicolaus gieb den Ochsen das Heu.

Die Russen charakterisiren das Wachsthum des Grases mit den Worten:

An Georgi mit dem Korbe, aber an Nikola mit dem Wagen,

und wie der 6. Mai, der Tag des Evangelisten Johannes vor der wälschen Pforte, auf vlämisch:

Klein Jan voor het waelsche porten,

oder:

Sint Jans in d'olie (St. Johann im Oel),

bei den Bauern Brabants in dem Rufe steht, anhaltendes gutes Wetter zu bringen, namentlich wenn an ihm Ostwind herrscht, so schließt man in Rußland von dem

11. Mai, dem Tag des hl. Mokij, auf die Trockenheit oder Feuchtigkeit des ganzen Sommers:

Ist des hl. Märtyrers Mokij Tag feucht, wird der ganze Sommer feucht sein,

vielleicht wegen der Aehnlichkeit des Klanges seines Namens mit dem Worte mokry, feucht.

Fast allgemein ist die Annahme eines Nachwinters um Mitte Mai:

A la mi-mai
Queue d'hiver (frz.)
(Um Maimitte, Winterschleppe).

Die Landleute in Oberitalien bezeichnen ihn als l'inverno dei cavalieri, den Seidenwürmerwinter. In den Niederlanden fällt er gewöhnlich auf den 11., 12. und 13. Mai, weshalb dort die Heiligen Mamert, Pancraz und Servaz „die Eisheiligen“ genannt werden; in Deutschland beschuldigt man die Heiligen Pancratius (12/5), Servatius (13/5) und Bonifacius (14/5), Kälte mitzubringen, und sagt daher in der Pfalz:

Pankraz, Servaz und Bonifaz sind drei Eismänner,

und in der Eifel:

Wer seine Schafe scheeret vor Servaz,
Dem ist die Woll' lieber, als das Schaf.

Die Czechen haben aus den Anfangssylben dieser drei Heiligen, welche sie ebenfalls die „Eismänner“ nennen,[1]) einen besonderen Herrn: den „Pan Serboni,“ geschaffen, dem sie nachsagen:

Pan Serboni verbrennt die Bäume,

weil man bei seiner Ankunft heizen muß.

---

1) Im Saalthale, namentlich bei Naumburg, werden die drei Tage vom 12.—14. Mai die „Weindiebe“ genannt.

Die Russen glauben, daß mit dem 14. Mai die Nordwinde aufhören, weshalb sie sprechen:

Ist Isidor vorbei, sind die Nordwinde vorbei,

und die Deutschen versichern zwar:

Kein Reif nach Servaz,
Kein Schnee nach Bonifaz,[1])

legen aber dennoch ihre Furcht vor Nachtfrösten nicht vor dem 25. Mai ab, denn:

St. Urban pflegt seine Mutter vom Ofen zu hucken,

und sein Festtag gilt als das Ende der kalten Nächte. Ueberhaupt wird diesem Tage ein großer Einfluß zugeschrieben.

Auf St. Urben
Ist das Korn weder gerathen, noch verdurben,

aber, wie es in einem Pfälzer Sprichwort heißt:

Dankt St. Urban dem Herrn,
Er bringt dem Getreide den Kern,

und nach der Ansicht der Italiener hat nicht nur der Roggen, sondern auch der Weizen bis zum Urbanstage alle Körner bereits vollständig gebildet. Die Lombarden behaupten daher:

Wenn es am Tage St. Urban's regnet, verliert jede Aehre ein Korn.

Namentlich aber für den Wein hält man den Regen an diesem Tage für unheilvoll, denn:

St. Urban ist auch ein Weinheld, (d.)

und:

Pankraz und Urban ohne Regen,
Folgt ein großer Weinsegen,

---

1) Vor Servatius kein Sommer, nach Servatius kein Frost. (d.

oder:

St. Urban hell und rein,
Segnet die Fässer ein;

wogegen, wenn es am Urbanstage regnet, nach der Meinung der Winzer im Maasthal, die Beere ungleich groß und die Lese sehr gering werden soll.

In Frankreich versichert man deshalb:

An St. Urban,
Was im Weinberg, gehört dem Bauern an,

indem man hinzufügt:

Der weiß nicht, was Weinverkaufen ist,
Der nicht vom Mai das Ende abwartet,

und in Süddeutschland ward ehemals, um am Urbanstage schönes Wetter zu haben, das Bild des Heiligen feierlich herumgetragen und bei Regenwetter aus Ingrimm in's Wasser geworfen, woher sich noch das Sprichwort schreibt:

Wenn Sanct Urban kein gut Wetter geit,
Wird er in die Pfützen geleit.

Juni.

Der Juni oder Brachmonat soll in der Witterung dem Dezember entsprechen: so heiß es in jenem, so kalt soll es in diesem, und so naß oder trocken der Juni, so soll auch der Dezember sein.

Nordwind im Juni wehet Korn in's Land,

und:

Juni, trocken mehr als naß,
Füllt mit gutem Wein das Faß;[1])

aber:

Wenn kalt und naß der Juni war,
Verdirbt er meist das ganze Jahr,[2])

sprechen die Deutschen. Auch die Czechen sagen:

Ist der Juni kalt, macht der Bauer 'nen krummen Buckel,

und die Lombarden behaupten:

Regen im Juni des Müllers Ruin,

---

1) Ist der Brachmonat warm und naß,
Füllet sich die Scheune und das Faß. (Eif.)

2) Ein dürrer Brachmonat bringt ein unfruchtbares Jahr:
So er allzu naß,
Leeret er Scheuern und Faß;
Hat er aber zuweilen Regen,
Dann giebt er reichen Segen. (Pf.)

Brachmonat warm, naß, kühl und trocken,
Giebt was in die Milch zu brocken. (d.)

indem sie hinzusetzen:

Hungersnoth kommt zu Kahn in die Lombardei.

Die Venetianer dagegen versichern:

Juni und Juli regnerisch, füllen die Tasche,

und geben, wie die Portugiesen, den Rath:

Juni, mit der Sichel in der Faust,[1])

denn:

Heu, hoch oder niedrig, im Juni wird's geschnitten. (port.)

Bekannt als Wettermacher in Deutschland, Böhmen und Polen, wie in Frankreich und den Niederlanden, ist der heilige Medardus, dessen Gedächtniß am 8. Juni gefeiert wird.

Wie's wittert auf Medardustag,
So bleibt's sechs Wochen lang danach,

oder:

Wie's Wetter zu Medardi fällt,
Es bis zu Mondes Schluß anhält,[2])

und:

Was St. Medardus für Wetter hält,
Solch Wetter auch in die Ernte fällt,[3])

---

1) Juni, die Sichel in der Faust; ist sie in der Faust nicht gut, so kommt der Juli. (t.)

Juni, die Sichel in der Faust; kann sie nicht in der Faust bleiben, kehrt Mai zurück, um zu pfeifen. (sic.)

2) Wenn es an Medardi wittert, so soll es vier Wochen hintereinander wittern. (d.)

Ist es an Medardi kühl, bleibt es vier Wochen so. (h.)

3) Wie die Witterung an Medardi ist, so ist sie auch in der Ernte. (Pf.)

Ist es an Medardi kühl, bleibt es in der Ernte so. (vl.)

sprechen die Deutschen, und bitten deshalb:

Sanct Medardus keinen Regen trag',
Es regnet sonst wohl vierzig (vierzehn) Tag,
Und mehr, wer's glauben mag.[1])

Da jedoch dieser Heilige trotzdem häufig an seinem Feste Regen bringt, so nennt ihn das Volk im Etschland, welches glaubt:

Wenn's an Medardi regnet, giebt's einen nassen Sommer,[2])

den „Heubrunzer," und auch in der Picardie pflegt man zu sagen:

Saint Médard
Est un grand pissard.

indem man dort fürchtet:

Wenn's regnet am Medardustag,
Der Ernte Dritttheil läuft Gefahr.

Die Polen rechnen ein für alle Mal:

Vom heiligen Medardus an vierzig Tage Regenwetter,

und in den Niederlanden nimmt man an, daß Regenwetter, welches am 8. Juni eintritt, erst am 18. Juli, dem Tage des heiligen Friedrich, wieder aufhört, während die Franzosen den Reimspruch haben:

Im Juni an St. Medarditag
Der Landmann sich wohl sorgen mag.
Die Alten sagen: Regnet's dann,

---

1) Regnet es auf Medardustag,
So regnet es vierzig Tage nach. (Eif., Pic.)
Wenn's am Medardustage regnet, wird der Regen 40 Tage lang anhalten. (tyr.)
Medardi's Tropfen tropft 40 Tage. (cz.)

2) Macht Medardus naß,
So regnet's ohn' Unterlaß. (d.-ö.)

Daß vierzig Tag' es dauern kann;
Und ist es schön, du sicher bist,
Daß reichlich deine Ernte ist.

Nur etwas Gutes traut man dem heiligen Bischof von Noyon zu:

Medard bringt keinen Frost mehr,
Der dem Weinstock gefährlich wär'. (frk.)

Dagegen kann der heilige Barnabas, dessen Fest auf den 11. Juni fällt, dem Weine sehr schaden, denn:

Regnet's auf Sanct Barnabas,
Rehren (Schwimmen) die Trauben bis in's Faß. (d.)

In Brescia ist man noch genauer in der Angabe des Schadens:

Wenn es am Morgen von St. Barnabas regnet, gehen alle weißen Trauben verloren, und wenn es vom Morgen bis zum Abend regnet, verderben die weißen und dann die schwarzen (blauen),

und da es in der Lombardei heißt:

An St. Barnabas kommt die Traube und geht die Blüte fort,

so ist allerdings Regen um diese Zeit von großem Nachtheil, helles warmes Wetter aber äußerst erwünscht, weshalb die Franzosen sagen:

St. Barnabas macht wieder gut, was verdorben ist.

Mit Bezug auf die Zeit, in welche der St. Barnabastag nach dem alten Kalender fällt, spricht der Engländer:

Barnaby bright, the longest day and the shortest night
(Barnabas, der längste Tag und die kürzeste Nacht);

der Czeche:

Barnabas kehrt uns die Sonne ab,
Lucia wendet sie uns wieder zu,

und der Deutsche:

Sanct Barnabas nimmer die Sichel vergaß,
Hat den längsten Tag und das längste Gras.[1])

Die Russen behaupten vom 12. Juni:

Mit Peter Athonsky wendet sich die Sonne dem Winter und der Sommer der Hitze zu, und mit Spiridion, dem Sonnenwender (12. Dezember), geht die Sonne dem Sommer und der Winter der Kälte zu,

und die Czechen haben, dem neuen Kalender folgend, diesen Spruch auf die Tage Johannis des Täufers (24. Juni) und Johannis des Evangelisten (27. Dez.) übertragen.[2])

Gleichwohl heißt es auch vom 15. Juni, dem St. Veitstag, in Böhmen und Deutschland noch immer:

St. Vitus hat den längsten Tag,
Lucia die längste Nacht vermag,[3])

und in Italien wird dem Feste der Heiligen Vitus und Modestus ein ähnlicher Einfluß auf das Gedeihen des Weines zugeschrieben, wie dem Barnabastage.

Regnet's am Tage von St. Vitus und Modestus, so kann man die Trauben im Korbe nehmen (m.: zählen),

oder:

Wenn's am Tage von St. Vitus regnet, geht die Hälfte der Trauben verloren,

sagt man in Venedig und Mailand, wogegen man in Deutschland versichert:

---

1) An St. Barnabas
Die Sichel im Gras. (frz.)

2) Von Johann dem Täufer an läuft die Sonne zum Winter und der Sommer zur Hitze, und von Johann dem Evangelisten an kehrt die Sonne zum Sommer um und der Winter zu den Frösten. (cz.)

3) St. Veit hat den längsten Tag. (cz.)

Hat vor St. Vit
Der Wein abgeblüht,
So bringt er ein schön Weinjahr mit.

Auch glaubt man in Schwaben:

Wenn es am St. Veitstag regnet, so soll das Jahr fruchtbar sein;

in der Altmark aber:

Wenn es am Vitustage regnet, gedeiht der Hafer nicht.[1])

In Rußland und Westphalen hält man es für besonders nachtheilig, am Veitstage im ersten Lande Korn, im letzteren Gerste zu säen, indem es in der Grafschaft Mark heißt:

Wer die Gerste säet auf St. Vit,
Ist sie mit sammt dem Sacke quitt,[2])

und die Russen sagen:

Wer säet an St. Vit,
Der wird des Kornes quitt.

Am Rheine spricht man:

Sünne Vit,
Dann ännert sik de Tiet,
Dann gait dat Lauf in de Egge ståhn,
Dann hebbt de Vügel 't Leggen dåhn.[3])

(Sanct Veit,
Dann ändert sich die Zeit,

---

1) Regnet's an St. Veit, geräth die spätgesäete Gerste nicht; ist aber schön Wetter, findet das Gegentheil statt. (d.)

2) Wer nach St. Vit sagt: „har-da!“ (beim Gerstesäen)
Der muß zu Micheli sagen: „war-da!“ (wehre den Kühen). (Mrk.)

3) St. Veit,
Legt sich das Blatt auf die Seit'. (hess.)
St. Veit,
Verändert sich die Zeit:
Dann geht das Blatt auf der Kante steh'n,
Dann ist's mit dem Schauern der Bäume gethan (d. h. braucht nicht mehr zu frieren). (Mrk.)

Dann fängt das Laub zu stehen an,
Dann haben die Vögel das Legen [der Eier] gethan.)

Während man aber den Heiligen in Deutschland beschuldigt:

Vit bringt die Fliegen mit,

behaupten die Polen:

Die Nachtigall singt nur bis Vitustag,

und die Russen:

Am heiligen Tichonstage (16. Juni) schweigen die Vögel.[1])

Von dem zuletztgenannten Tage sagt man in der Grafschaft Mark:

Ein Tag nach St. Vit giebt acht Tage nach Michaeli,

und dem 19. Juni schreibt man in Frankreich denselben Einfluß zu, wie dem Medardustage, weshalb man spricht:

Wenn's regnet auf St. Gervasiustag,
So regnet's vierzig Tag' danach.

Ein ähnliches Vorurtheil knüpft sich an den Sonntag Trinitatis und das Fronleichnamsfest:

Wenn's am heiligen Dreifaltigkeitssonntag regnet, so regnet's sechs oder zwölf Sonntage hintereinander, (Inn- und Lechthal.)

oder:

— jeden Sonntag im Sommer. (Stockach.)

Weiter:

Fällt auf die Fronleichnamsprozession Regen, regnet's vierzig Tage lang, (Frkf.)

oder:

Wie Fronleichnam, so viele Tage nachher, (P.)

wobei man in der Pfalz noch hinzusetzt:

1) Wahrscheinlich, weil tichy still, ruhig, heißt.

Frohnleichnamstag schön und klar,
So folgt ein gutes Jahr,

oder:

Ist es Corporis Christi klar,
Wird ein gutes Jahr.[1])

In Böhmen dagegen steht der 1. Juni, der Tag des heiligen Fortunatus, wahrscheinlich seines Namens wegen, in dem Rufe:

Ist am Fortunatustage schönes Wetter, so verheißt es ein gesegnetes Jahr,

und am Rhein, wie in Süddeutschland, traut man dem 10. Juni, dem Fest der heiligen Margarethe, große Macht über das Wetter zu, weshalb man diese Heilige im Pusterthal:

Margareth die Wetterfrau,

und in Stubai, wo man annimmt:

Regnet es am Margretentage,
Dauert der Regen vierzehn Tage,

etwas derb:

Margret,
Die Fetzgret,

nennt. In manchen Gegenden, wie am Rhein, wird daher auch die Redensart:

Margareth pißt in die Nüsse,

die sich ursprünglich auf den 13. Juli bezieht, auf den 10. Juni angewendet, und Regen an diesem Tage für ebenso nachtheilig für die Nüsse gehalten, wie Regen an Johanni. Denn:

Tritt auf Johannis Regen ein,
So wird der Nußwachs nicht gedeih'n,

oder:

1) Corporis Christi klar,
Giebt gutes Weinjahr. (rh.)

Regnet's auf Johannistag,
Ist's der Haselnüsse Plag'; (d.)[1])

Vom Tag Johann's der Regenguß
Läßt verfaulen die Haselnuß, (frz.)

und:

Regnet's an Johannis sehr,
Werden die Haselnüsse leer, (v.)

so daß man in der Picardie zu sagen pflegt:

Al saint Jean
On bée dedans
(An St. Johann gafft man hinein),

d. h. in die leeren Nüsse, wenn es nämlich regnet.

Aber:

Ist St. Johannis zu Sonnwendentag heiter, so giebt es viel Haselnüsse, und die Wiegen werden im nächsten Jahre theuer,

weil es heißt:

So die Buben und Mädchen in die Haselnüsse gehen, giebt es viel Kinder. (d.)

Da Johanni nach der Astronomie des Volkes als Tag der Sonnenwende gilt, so ist es leicht zu erklären, daß man diesen Tag auch überall für einen Wendetag der Witterung ansieht. Darum rathen die Deutschen und Polen:

Vor Johannis bet' um Regen,
Nach Johannis kommt er ungebeten,[2])

1) Regnet's auf Johannistag, mißrathen die Nüsse und gerathen die Huren (d. h. die Wiesenzeitlosen, welche in Brabant so genannt werden). (d., vl.)

2) Vor Johanni bitt' um Regen,
Nachher kommt er ungelegen. (tyr.)

Nach Johannistag muß man nicht um Regen bitten, wenn Einem auch der Schweiß von der Stirn läuft. (plattd.)

Vor Johanni müssen die Priester um Regen bitten, nach Johanni kann man's selber. (wstph.)

und die Ersteren nehmen an:

Vier Tage vor und nach der Sonnenwende zeigen die herrschende Witterung bis nach Michaelis an,

sowie:

Regnet's am Johannistag, so regnet es noch vierzehn Tag' (schwb.: vier Wochen), und man hat eine schlechte Ernte zu erwarten,

oder:

— es giebt keinen Salatsamen. (Innthal.)

Die Venetianer, welche mit den Brescianern die Ansicht theilen:

An der Vigilie (dem Vorabend) von St. Johannis regnet es alle Jahre,

behaupten:

Se piove 'l dì de san Zuàne,
Carestia de sorgo e anca de cane
(Wenn's regnet am Johannistag,
Kommt Mangel an Rohr und Sorgo nach),[1])

weil sie gleich allen Bewohnern Oberitaliens den Glauben haben, daß wie in der Johannisnacht der Most in die Trauben, so am Johannistage der Sorgo oder Mohnhirse in die Körner geht, indem es mailändisch heißt:

In der Johannisnacht bildet sich der Most in der Beere,

und:

An St. Johann bildet der Sorgo seine Körner.[2])

Daher sprechen die Portugiesen und Spanier:

Wasser (Regen) an St. Johann nimmt den Wein und giebt kein Brod,

---

1) Wenn's am Johannistag regnet, leidet der Sorgo großen Schaden. (m.)

2) An St. Johann geht der Sorgo in's Korn. (v.)

und auch die Deutschen sagen:

> Vor Johannistag
> Keine Gerste man loben mag,[1])

oder:

> Vor Johannitag
> Man Gerst' und Hafer nicht loben mag. (Eif.)

Ein anderer, in der Eifel wohlbekannter Reim lautet:

> Wenn der Kukuk nach Johanni singt,
> Einen nassen Herbst er uns bringt,[2])

während man in Baiern glaubt:

> Es ist nicht gut, daß der Kukuk nach Johanni schreie, da dies Theuerung bedeutet,

und in Böhmen annimmt:

> Wieviel Tage der Kukuk nach Johanni ruft, soviel Groschen wird der Roggen kosten. (cz.)

Ebenso gilt in dem letztgenannten Lande als Regel:

> Ein Bienenschwarm, der vor Johanni oder um Frouleichnam und St. Veit ausfliegt, ist besser, als einer, der nach Johanni ausfliegt,

und:

> Die Nachtigall, welche an Georgi zu singen anfängt, hört nach Johanni auf.

Der 27. Juni, der Tag der Siebenschläfer, hat seinen Ruf in Deutschland:

> Regnet's am Tag' der Siebenschläfer, regnet es noch sieben Wochen,

wahrscheinlich seinem Namen zu verdanken, denn anderwärts ist es der 29. Juni, den man für einen gefährlichen Regenbringer hält.

---

1) Bis Johanni lobe die Gerste nicht. (cz.)

2) Wieviel Tage nach Johanni der Kukuk schreit, soviel Tage nach Michaeli keine Kälte kommt. (slov., kr.)

S. Pierre et s. Paul pluvieux,
Pour trente jours dangereux

St. Peter und St. Paul regnerisch, drohen mit dreißig Tagen Regen),

heißt es in Frankreich, weshalb man dort fürchtet:

Wenn es am Abend vor St. Peter regnet, schrumpft der Weinertrag auf's Dritttheil zusammen.

In Oberitalien spricht man:

Wasser (Regen) an St. Peter, Wasser ohne Maaß, (m.)

oder, wie die Venetianer sich ausdrücken:

Regen von St. Peter regnet mit der Pfanne,

und hat daher auch in Mailand die Ansicht:

Wenn der St. Peterstag gekommen,
(Weiß man,) ob Stroh, ob Heu man wird bekommen.

In Portugal giebt man den Rath:

Am Tage von St. Peter beschaue deinen Oelgarten, und wenn du einen Blütenbüschel siehst, so hoffe auf hundert;

in Deutschland sagt man:

Dä Perrersdag (Peterstag),
Da heckt der Has,
Da jongt de Kob,
Da lät (legt) dät Hoh (Huhn),
Da krijt de Husfrou vel ze doh (thun), (rh.) [1])

oder:

Schön zu St. Paul,
Füllt Taschen und Maul, (d.-ö.)

und die Vlamingen erwarten, daß sie, wenn der 29. Juni schön und ohne heftigen Wind sei, den ganzen Herbst so angenehmes Wetter haben werden.

---

1) An Peter und Pol
Lauft der Hase in'n Kohl. (hess.)

Juli.

Der Juli, von dem die Russen sprechen:

Wer das Gerstenfeld hat, sagt vom Juli Gerstenmonat; wer den Bohnengarten hat, nennt ihn Bohnenmonat,[1])

wird auf der Insel Sardinien als:

Triulas triulado (Plagejuli),

bezeichnet, weil die Landleute in diesem Monat mehr arbeiten müssen, als sonst; denn wie in Oberitalien vom Juni, heißt es in Frankreich vom Juli:

Im Juli die Sichel in der Hand.

Auch die Czechen sagen:

(Im Juli) die Schnitter auf's Feld, die Bienen vom Feld,

oder:

Im Juli ruft die Wachtel die Schnitter in das Feld: Kommt schneiden, kommt schneiden, ihr bekommt fünf Pfennig, fünf Pfennig![2])

und die Russen erklären:

Juli, August, September Galeerenarbeit, so wird nachher Brod sein.

---

1) Wer Kühe hat, sagt Heumonat; wer Bienen hat, sagt Lindenmonat. (lett.)

2) Soviel Mal die Wachtel vom Juli an schlägt: „Sechs Paar Weck, sechs Paar Weck!" soviel Gulden kostet das Jahr der Scheffel Dinkel. (schwb.)

Da die Hitze gewöhnlich so groß ist, daß man in Bergamo behauptet:

> Sul de Luí, el fa per dú
> (Julisonne thut's für zweie),

und in Rußland spricht:

> Im Juli zieh' die Kleider aus, im Dezember leg' die wärmsten an,

so räth der Venetianer:

> Im Juli bei der großen Hitze trinke gut und schlag' fest zu (d. h. beim Dreschen),

indem die Italiener bei den anstrengenden Sommerarbeiten Wein für das beste Stärkungsmittel halten, und Tagelöhner deshalb oft die Arbeit verweigern, wenn sie nicht genug Wein bekommen.

In Deutschland glaubt man, daß der Juli in der Witterung dem Januar ganz ebenso entspreche, wie der Juni dem Dezember,[1]) und sieht es für ein besonders günstiges Zeichen an, wenn die Hundstage hell und klar sind, denn:

> Hundstage hell und klar,
> Zeigen an ein gutes (h.: gesundes) Jahr. (d.)

In Hindostan, wo der unserm Juli entsprechende Monat Sawun für so schön gilt, daß man, um Jemand aufzufordern, die Zeit des Vergnügens nicht unbenutzt vorübergehen zu lassen, ausruft:

> Flieg', Schmetterling, es ist Sawun!

nimmt man als Regel an:

---

1) Wie der Juli war,
Wird der Januar. (th.)

Ein trockner Sawun, ein dürrer B'hadun (Aug.-Sept.).

In Venedig versichert man:

Wenn die Sonne in den Löwen tritt, so läßt sie's, wie sie's gefunden,

und in Schwaben wird behauptet:

Wechselt im Juli stets Regen und Sonnenschein,
So wird im nächsten Jahr' die Ernte reichlich sein.

Das Fest Mariä Heimsuchung, der 2. Juli, steht dermaßen im Rufe, Regen zu bringen, daß dieser Tag am Niederrhein Maria Eintropfentag oder Marientrief, in Köln Mariasief genannt wird. Man sagt von ihm:

Wie die Mutter Gottes über das Gebirge geht, so kehrt sie wieder zurück,

und behauptet:

Regnet's an Mariä Heimsuchung, so regnet's noch vier Wochen,

oder, wie es in der Grafschaft Mark lautet:

Wann't op Mariendach en Drüöpken riägent, dann riägent et (af un tau) vöttich Dage derna.[1])
(Wenn es am Marientag nur einen Tropfen regnet, dann regnet es [ab und zu] vierzig Tage lang.)

Aus demselben Grunde heißt es auch in Frankreich:

---

1) Regnet's an Unserer-Frauen-Tag, wenn sie über's Gebirge geht, so regnet's nach einander vierzig Tage. (d.)

Wenn's zu Maria regnen mag,
So regnet's noch manchen Tag. (d.-ö.)

Wann et Mariasief rähnt (regnet), dann rähnt et vehzig (40) Tag' hingerenein (hinterdrein). (K.)

Deux jours alors que Marie
L'on visite, s'il fait pluie,
Assurez-vous que les filles
Cueilleront bien peu de noisilles

(Wenn es am 2., wo man Marie besucht, regnet, sei sicher, daß die Mädchen sehr wenig Haselnüsse pflücken werden),

wogegen in Deutschland Regen am 13. Juli als gefährlich für die Nüsse gilt. Denn:

An Margarethen Regen,
Bringt den Nüssen keinen Segen,

oder:

Regnet es auf St. Margareth,
Die Nuß schlecht geräth,

und der Kölner setzt humoristisch hinzu:

Dann sähd mer, et Margriht hät en de Nöß gepeß
(Dann sagt man, die Margareth hat in die Nüsse gepißt),

weil man glaubt, daß, wenn es an diesem Tage regnet, der Regen vier Wochen anhält, wodurch die Wallnüsse abfallen und die Haselnüsse madig werden.

Die Esthen schreiben dem Margarethentag, den sie den „Ofenschmierenstag" nennen, die Entscheidung über die Witterung des Herbstes zu, und versichern:

Wenn Margarethentag trocken ist, giebt Gott einen guten Herbst.

Während man aber in Böhmen den Margarethentag als den Anfangstag der Ernte ansieht, indem man sagt:

St. Margareth stößt die Sichel in's Korn,[1])

spricht man in Baiern:

St. Kilian (8. Juli)
Stellt Schnitter an,

und in Dänemark:

---

1) St. Margareth führt die Schnitter in's Korn. (cz.)

St. Knud (10. Juli) treibt die Bauern mit Sensen aus.

Diesem letzten Tage traut man in Deutschland einen großen Witterungseinfluß zu:

Wie das Wetter am Sieben=Brüder=Tage ist, so soll es sieben Wochen bleiben,

und wenn es daher am 10. Juli regnet, fürchtet man einen ebenso langen Regen, wie die Engländer beim Regenwetter am 15. Juli, St. Swithin's day, dem sie ganz dieselbe Bedeutung beilegen, welche anderwärts Medardi (8. Juni) hat.

Auch am 6. Juli, dem Tage der hl. Godelieve, sieht man es in Flandern ungern regnen, noch weniger aber lieben die Vlamingen den Regen am 21. Juli, dem Tage des hl. Daniel, von welchem man in den Niederlanden die Verkündigung schönen Wetters erwartet.

Die Esthen halten den 19. Juli, den Haraldstag, für einen Wetterpropheten. Bringt er Regen, so soll es einen nassen, bringt er keinen, einen trockenen Herbst geben, und in Rußland gilt der Eliastag, der 20. Juli, als das Ende der warmen Zeit.

An St. Elias bis Mittag Sommer, und nach Mittag Herbst,

und:

Bis zum Eliastag trocknet es unter dem Gebüsch, und nach dem Eliastag nicht einmal auf dem Gebüsch,

heißt es im Russischen, während die Polen und Czechen den Annatag, den 26. Juli, als den Beginn der kühlen Morgen annehmen, da die Ersteren sagen:

Von St. Anna an kalte Morgen, (g. ä. oschl.)

und die Letzteren sprechen:

St. Anna kühl am Morgen,

indem sie zugleich versichern:

Wenn am Annatag die Ameisen aufwerfen, folgt ein strenger Winter.[1])

Wie die Landleute in der Lombardei vom 18. Juli erklären:

An St. Filaster nicht mehr Hirse, nicht mehr Hühner,

so äußern sie vom 22.:

An St. Magdalena ist die Nuß voll, und voll, oder noch nicht voll, unsere Kinder wollen sie aufmachen,

obgleich in Venedig als Regel gilt:

An St. Anna schlägt man die Nüsse ab,

oder, wie der Reimspruch lautet:

Da sant' Ana
Le nose va in tana.

Auch in Frankreich sagt man:

Am Magdalenentag ist die Nuß voll,[2])

und nimmt zugleich an:

Am Magdalenentage wird die Maulbeere reif,

indem man hinzusetzt:

Zur (Zeit der) reifen Maulbeere weiße Cichorie,

bekanntlich ein Lieblingsgemüse der Franzosen.

Die Dänen versichern:

An Marie Magdalene setzt der Hopfen Spulen auf,

um auszudrücken, daß der Hopfen dann Knospen treibt, und die Venetianer haben gleich den Bergamaskern die Gewohnheit:

---

1) Werfen die Ameisen in den Hundstagen Haufen auf, so giebt es einen nassen und kalten Herbst. (h., vl.)

2) Am Magdalenentag sind die Haselnüsse voll. (Pic.)

An St. Magdalena schneidet man den Hafer.

In Westphalen fürchtet man den Magdalenentag noch mehr für die Nüsse, als den Margarethentag, weshalb die Bewohner der Grafschaft Mark ausrufen:

Sünte Margraite
Lätt us de Nüete genaiten;
Sünte Magdelene
Jetet se allene[1])

(St. Margareth läßt uns die Nüsse genießen, St. Magdalene ißt sie allein),

und wie anderwärts von der hl. Margarethe, heißt es dort:

Sünte Magdelene pisset in de Nüete,

denn:

Maria Magdalena weint um ihren Herrn,
D'rum regnet's an diesem Tage gern, (d.)

und Regen in der zweiten Hälfte des Juli hört noch weniger rasch auf, als in der ersten.

Bei den Russen und Ruthenen giebt der Name des hl. Gleb, dessen Gedächtniß mit dem des hl. Boris zusammen am 24. Juli gefeiert wird, Veranlassung zu dem Sprichwort:

Boris und Gleb schafft Brod,

oder:

An Boris und Gleb reift's Brod,

da das Brod in allen slavischen Dialekten chleb genannt wird.

---

1) St. Magdalene
Frißt die Nüsse allene. (wstph.)

Sünte Magdaloine
Niemmt dai Nüete miet hoime
(St. Magdalene nimmt die Nüsse mit heim). (Im Möhnethal.)

Der Jakobitag, der 25. Juli, von dem die Rheinländer glauben:

St. Jakob bringt das Salz in die Birnen,

und die Czechen mit Bezug auf den Wein sprechen:

Was bis Jakobi Mittag abblüht, reift bis Galli (16. Okt.),

beeinflußt nach der Ansicht der Deutschen und Polen das Wetter des Weihnachtsfestes:

Der Vormittag vom Jakobstag
Das Wetter bis Weihnacht deuten mag; (d.)

So warm Jakobi, so kalt Weihnachten, (p.)[1]

und:

Jakobi klar und rein,
Wird Christfest kalt und frostig sein. (d.)

Wenn am Jakobitag weiße Wölkchen bei Sonnenschein am Himmel stehen, so sagt man: „Der Schnee blüht für nächsten Winter,“ und in Niederösterreich heißt es:

Ist's zu St. Jakob dürr,
Geht der Winter in's Geschirr.

Regnet es an Jakobi oder drei Tage vorher, gerathen die Eicheln nicht; Regen und Sonnenschein an Jakobi abwechselnd, soll, wie man in der Pfalz glaubt, auf reiche Kornernte im künftigen Jahre deuten, und:

Ist's schön auf St. Jakobitag,
Viel Frucht man sich versprechen mag. (d.)

In der Lombardei dagegen wünscht man, daß es am 26. Juli regne, indem der Mailänder den Regen an diesem Tage, welchen er:

Die Mitgift der hl. Anna

---

1) Warme, helle Jakobi, kalte Weihnachten. (d.)

nennt, und von dem es sprichwörtlich heißt:

> Wenn's regnet am St. Annentag,
> Regnet's einen Monat und eine Woche danach, (m., v.)

für sehr gesund ansieht.

Die Venetianer rechnen darauf, vom Annatage an Trauben zu essen, denn:

> An Sta. Anna ist die Julitraube (Frühtraube) reif,

und geben den 29. Juli als den Tag an, wo man wieder anfängt, des Abends bei Licht zu spinnen, indem sie sagen:

> An Sta. Martha hängt man das Licht unter den Rauchfang.

August.

Asien ist geehrter, als Afrika; der August ist wärmer, als der März.

lautet ein russisches Sprichwort, während ein venetianisches versichert:

Mitunter glaubt man, die Sonne vom August zu finden, und findet den Mond vom März.

Denn gleich der Julisonne gilt die Augustsonne für so mächtig, daß es heißt:

Im August vertrocknen die Setzlinge; (v.)

Die Augustsonne täuscht die Magd im Gemüsegarten (weil sie Alles im Garten versengt und Nichts zum Kochen übrig läßt), (t.) [1])

und:

Was Juli und August nicht kochen, das kann der September nicht braten (das läßt der September wohl ungebraten). (d.) [2])

Darum wird in Italien der Regen sehr herbeigewünscht, indem man nicht nur behauptet:

Beim ersten Regen im August hat sich die Hitze gelegt, (t.)

---

1) Die Sonne im August täuscht die Magd, den Priester und den Wirth. (m.)

2) Was der August nicht kocht, läßt der September ungebraten. (d.)
Was Juli und August nicht gar kocht, das röstet der September nicht. (p.)

oder:

La prima acqua d' Agost
La rinfresca 'l bosc

(Der erste Regen im August erfrischt das Gehölz), (b.)

sondern auch zum Troste aller vom Ungeziefer Geplagten versichert:

Der erste Regen im August trägt einen Sack mit Flöhen und einen Sack mit Mücken davon, (l.)

und noch überdies glaubt:

Wenn's regnet im August, regnet's Honig oder Most, (b.)[1])

weil der Regen im August die Trauben saftreich macht, und die Wiesen mit den Herbstblumen, der Hauptspeise der Bienen, bedeckt.

Auch die Spanier und Portugiesen sagen:

Regen im August,
Safran, Honig und Most,

und die Letzteren warnen daher:

Wenn es im August regnet, lege dein Geld nicht in Most an.

Während aber alle Romanen der Meinung sind:

August reift, September erntet,[2])

und die Portugiesen demgemäß sprechen:

August hat die Schuld, September trägt die Frucht fort,

um auszudrücken, daß im Falle des Mißrathens dem August die Schuld gegeben wird, bei reicher Lese jedoch der September das Lob davonträgt, sind sie uneins über die Zeit der Lese.

Aus dem Spruche:

---

1) Der Regen im August ist ganz Honig und ganz Most. (b.)
2) August kocht, September richtet an. (sic.)

August und Weinlese kommt nicht jeden Tag, (port., sp.)[1])

könnte man schließen, daß die Lese im August stattfinden soll, und die Venetianer erklären geradezu:

Wer Most haben will, lese im August.

Die Bergamasker und Toscaner dagegen rathen:

Wenn du Most haben willst, so behacke im August die Weinstöcke;

die Portugiesen sprechen die Ansicht aus:

Nicht ist gut der Most, der im August gewonnen,

und die Brescianer pflegen zu sagen:

August füllt die Küche, der September den Keller.

Um so einstimmiger heißt es:

Wer im August nicht schneidet, schneidet auf seine Kosten, (b., v.)[2])

oder:

Wer im August schläft, schläft auf seine Kosten. (it., frz.)[3])

denn der August ist noch ein Monat der Arbeit und des Erwerbes.

Im August und in der Lese giebt es weder Feste, noch Sonntage,

und:

In der Ernte sind die Damen Kammerjungfern,

sprechen die Franzosen, weil während der Erntezeit die Damen oder Gutsbesitzerinnen oft genöthigt sind, ihr Hauswesen selbst zu besorgen, und für Alle, welche das Sprichwort der Italiener angeht:

Wer nicht ernten kann, muß Aehren lesen gehen,

1) Nicht jeder Tag ist Ostern, oder Weinlese. (port.)
2) Wer im August nicht drischt, drischt mit bösem Gesicht. (port.)
3) Um im August zu schlafen, schläft man auf seine Unkosten. (m.)

heißt es:

Im August ist gut Aehren lesen. (frz.)

Die Witterung des Augustes soll die des Februars beeinflussen, behaupten die Deutschen, indem sie hinzusetzen:

Ist's in den ersten Wochen heiß,
So bleibt der Winter lange weiß;

Nordwinde im August bringen beständiges Wetter, (d.)

und:

Stellen sich im Anfang Gewitter ein,
Wird's bis zum Ende so beschaffen sein. (Pf.)

Den schönen Tag im August erkennt man schon am Morgen, (b.)

aber der Tag ist schon so kurz, daß der Mailänder sagt:

Im August ist die Sonne kaum unter, so ist's dunkel.

Da in diesem Monate starke Nachtthaue fallen, räth man in Deutschland, keine Früchte ungereinigt zu essen, und in Italien sogar, kein Wasser zu trinken. Ebenso hält man in der Lombardei das Baden nach dem ersten Augustregen für ungesund, weshalb die Brescianer warnen:

Wer im August schwimmen geht, thut's auf seine Kosten,

weil nach dem ersten Regen des Augustes meist ein so empfindlicher Wechsel der Temperatur eintritt, daß der Mailänder ausruft:

Beim ersten Regen im August erkenn' ich dich, armes Menschenkind!

um damit auszudrücken, daß man erst dann sehen kann, ob Jemand die Probe aushält, auf die seine Gesundheit gestellt wird, und daß der Portugiese spricht:

August, die Kälte im Gesicht.

In Albanien, namentlich in der Riça, sieht man die zwölf ersten Tage vom August als maßgebend für das Wetter der kommenden zwölf Monate an, so daß man von dem Wetter des ersten Augustes auf das des ganzen Monats, von dem des zweiten auf das des Septembers schließt, u. s. f.

Die Portugiesen halten den ersten August, von welchem in Schottland der Glaube herrscht:

Nach Lammas (1. Aug.) reift das Korn bei Nacht soviel wie bei Tage,

bereits für den Anfang der kühleren Jahreszeit, indem sie sagen:

Erster Augusttag, erster Wintertag,

während die Kleinrussen für den 6. Aug., das Fest der Verklärung Christi, den Rath ertheilen:

Kommt der Erlöser, halte die Handschuhe bereit,

und in Oberschlesien der 10. August der „erste Herbsttag" genannt wird:

St. Lorenz, erster Herbsttag.

Im Süden dagegen gilt dieser Tag bekanntlich für so heiß, daß man sagt:

An St. Lorenz die große Hitze,
An St. Anton die große Kälte;
Die eine und die and're währt nicht lange, (sie.)[1])

und:

Der gnädige Herr St. Lorenz (hat) eine Hand als Regen, die andere als Feuerbrand. (ba.)

Die Italiener wünschen das Erstere, da sie gute Wirkung von dem ersten Augustregen nur dann erwar=

1) s. S. 72.

ten, wenn derselbe vor dem 16. fällt, denn in allen Dialekten heißt es:

An Laurentii ist's zur Zeit,
An der Madonna (15. Aug.) ist's noch gut,
An St. Rochus (16. Aug.) ist's zu spät,
An Bartholomäi (24. Aug.) gieb ihm einen Fußtritt, (v.)[1])

oder:

Regnet's an Laurentii,
Ist's etwas spät, aber noch Zeit;
Regnet's an der Himmelfahrt,
Ist's, laß dir sagen, auch noch gut;
Regnet's aber an St. Bartholomäi,
So kannst du ihm nur eins abgeben. (m.)

In der Eifel versichert man:

St. Laurenz bringt eine Helle oder Spreng (Regen),

und vielfach glaubt man:

Regnet's an Laurentii Tag, giebt es viele Mäuse.

Die Deutschböhmen behaupten:

Die Witterung an Laurentii hält gewiß einige Tage an,

und setzen hinzu:

Folgt an Laurentii auf Sonnenschein Regen, giebt es vielen und guten Wein,

wogegen es anderwärts heißt:

An St. Laurenzi Sonnenschein,
Verheißt ein gutes Jahr dem Wein.[2])

weil:

Laurentius heiter und gut,
Einen schönen Herbst verheißen thut. (Pf.)

1) An der Madonna ist's noch gut,
An St. Rochus ist's noch etwas. (ver.)

An der Madonna ist's noch gut,
An St. Rochus hat's zu sehr warten lassen. (m.)

2) Um St. Laurenzi Sonnenschein
Bedeutet ein gutes Jahr von Wein. (Pf.)

In Frankreich und Italien beginnt am Laurentiustage die Nuß- und Mandelernte, weshalb man sagt:

An St. Lorenz kommen die Nüsse mit dem Stocke,
An St. Rochus verlieren sie die grüne Schale, (v.)

oder:

An St. Lorenz wühlt man d'rin,
An St. Rochus knackt man sie auf, (Pic.)[1])

und auf Sardinien räth:

Am Tage von St. Lorenz eßt hundert Mandeln, am heiligen Kreuzestage (14. Sept.) eßt hundert Nüsse.

Die Polen bestimmen ebenfalls den Laurentiustag als Zeitpunkt der Nußernte, die Czechen aber sprechen:

Um Mariä Himmelfahrt die ersten Nüsse,

oder:

Die heilige Königin des Himmels giebt die erste Nuß,

während man in Oesterreich und andern Weinländern diesen Tag als maßgebend für die Güte des Weines bezeichnet. Denn:

Himmelfahrt Mariä Sonnenschein,
Bringt guten Wein,[2])

oder:

Hat Unsere Frau gut Wetter, wenn sie zum Himmel fährt,
Gewiß sie guten Wein bescheert. (d.)

Nach einer in Kurhessen verbreiteten Volksmeinung „spinnen, wenn es auf Krautweihe regnet,

die Spinnen den Bienen die Heide zu."

1) An St. Lorenz blickt man hinein. (frz.)

2) Zu Himmelfahrt Sonnenschein
Bringt viel guten Wein. (d.-ö.)
Wenn Laurenzi- und der große Frauen-Tag schön ist, werden wir eine schöne und angenehme Weinlese haben. (ill.)

und in der Grafschaft Mark herrscht die Ansicht:

> Krutwigge brenget 'et Salt in de Appeln
> (Krautweihe bringt das Salz in die Aepfel),

obwohl dieselbe Wirkung auch dem 24. August, dem Bartholomäustage, zugeschrieben wird.

Ueberhaupt gilt dieser Tag für sehr einflußreich:

> Wie sich das Wetter um Bartholomä stellt ein,
> So soll's den ganzen Herbstmonat sein, (Pf.)

und:

> Sind Laurenzi und Barthel schön,
> Ist ein guter Herbst vorauszuseh'n. (d.)[1]

In vielen Gegenden macht man sogar die Witterung des ganzen Herbstes von dem Wetter des Bartholomäustages allein abhängig, und sagt daher:

> Wie es an Bartholomäi wittert, soll es den ganzen Herbst durch wittern,

oder:

> Wie St. Bartholomäus sich verhält,
> So ist der ganze Herbst bestellt.

Nur ist man in Böhmen der Ansicht:

> Ist das Wetter an Bartholomäi schön, wird der Herbst angenehm sein,

und in Hessen behauptet man:

> Wenn es auf Bartholomäi regnet, dann giebt es einen guten Herbst.

Da die Polen richtig bemerken:

> St. Bartholomä kürzt die Nachmittagszeit,

hört in der Eifel an diesem Tage das Vieruhrbrod auf, weshalb es heißt:

---

1) St. Laurentius- und Bartholomäustag schön, deuten auf schönen und lieblichen Herbst. (ill.)

> Wie Laurenz und Bartholmei,
> So dich zum Herbst gefreu. (d.-ö.)

Bartholomies
Verbietet Butter und Kies,

und die Engländer betrachten den Bartholomäustag gleich den Deutschen als den Beginn der kühleren Jahreszeit, indem sie versichern:

St. Bartholomew
Brings the cold dew
(St. Bartholomä bringt den kalten Thau).

Aus demselben Grunde sprechen die Bewohner der Grafschaft Mark:

Bartholomä verbietet die weißen Hosen,[1])

und ein tyroler Sprichwort aus der Gegend von Meran lautet:

Um Bartlmä
Schaut der Schnee
Ueber's Joch her.

Wenn die drei Tage nach Bartholomäus schön sind, kommt schönes Wetter für's Bergmahd; (tyr.)

hingegen:

Gewitter nach St. Bartholomäus
Bringen Schaden und keinen Genuß. (d.)

In Bergamo hält man den 26. August für Regen oder Gewitter bringend, und nennt deshalb den heiligen Lissander „den Wässerer," und für den 28. August rathen die Venetianer, die Winterkleidung zurecht zu machen, indem sie sagen:

An St. Augustin setz' den Flick auf.

---

1) Bartelmies
Spart Botter onn Kies,
Lingen-Hosen onn Strüh-Höt. (plattd.)
(Bartholomä spart Butter und Käs, leinene Hosen und Strohhut.)

September.

Wie der Juni dem Dezember, entspricht der September dem März, und wie's in der ersten Hälfte des September ist, soll's meistens den ganzen Herbst über bleiben.

In Oberitalien glaubt man aus dem Septembermonde, von welchem die Sardinier behaupten:

> Der Mond im September glänzt mehr, als alle andern,

die Witterung der sieben folgenden Monde erkennen zu kennen, weshalb der Bergamasker sagt:

> Der Septembermond läßt sieben Monde errathen,[1])

nimmt aber gleich den Bewohnern der Pyrenäischen Halbinsel an:

> September trägt die Brücken fort, oder trocknet die Brunnen ein. (sp., port.)[2])

Gleichwohl ruft man in der Ebene von Brescia aus:

> September, wär' er immer!

denn:

> Der September ist der Mai des Herbstes, (frz.)

---

1) Nach dem Septembermonde
Richten sich sieben Monde. (v.)

2) Der September trägt die Brücken fort,
Oder Alles von Oben bis Unten verdorrt. (m.)

und:

> Im September,
> Fehlt es nimmer an Früchten. (b., v.)

Faule, welche im September des Obstes wegen viel zu essen finden, weiß daher der Sardinier nicht besser zu bezeichnen, als mit dem Ausdruck:

> Septembergesicht,

indem er spottweis hinzufügt:

> Die Narren werden im September fett.

Gewitter im September deuten auf reichlichen Schnee im Februar oder März, und bringen, kommen sie in der zweiten Hälfte dieses Monats, starke Winde.

Während aber in Deutschland die Meinung herrscht:

> September-Regen
> Für Saat und Reben
> Dem Bauer gelegen,

sind die Venetianer der Ansicht, daß es viel Korn geben wird, wenn es im September warm und trocken ist, und warnen daher:

> Wenn die Grille im September singt, kaufe kein Korn zum Verkaufen.

Dagegen giebt man in Andalusien den Rath:

> Im September verkauf' die Hennen,
> Und zur Christzeit kauf' sie wieder,

und in der Lombardei gilt als Gesundheitsregel:

> Im September und August,
> Trink' alten Wein, laß steh'n den Most, (m.)

und:

> Leinwandhosen und Melonen
> Sind im September nicht mehr gut. (b.)

Die Witterung des 1. Septembers soll den ganzen Monat bleiben, denn Aegidi, sagt man, hält sein Wetter vier Wochen fest:

> Wie der St. Aegiditag,
> So der ganze Monat mag,

oder:

> Wie der Hirsch in die Brunst tritt (zu Aegidi), so tritt er wieder heraus (zu Michaeli).

Wenn daher der Aegiditag schön ist, so hat man vier Wochen schönes Wetter zu hoffen, weshalb es heißt:

> Ist zu Aegidi ein heller Tag,
> Ich dir einen guten Herbst versag'.

In Dalmatien glauben die alten Leute, das Herbstwetter aus den zwei letzten Tagen des Augustes und den beiden ersten des Septembers bestimmen zu können, indem sie meinen: Wie diese vier Tage sind, ist der ganze Herbst, und in den Niederlanden ist man der Ansicht, daß, wenn es am 1. September regnet, der Regen vierzig Tage daure.

In Aachen nimmt man an diesem Tage den Beginn der kühleren Jahreszeit an, was man mit den Worten ausdrückt:

> Um St. Gillis geht Kaiser Karl nach dem Winterquartier, um Christi Himmelfahrt kommt er wieder heraus,

und auch die Russen nennen den 1. Sept., den Semintag,

> den Sommerwegführer,

während auf der Insel Sardinien versichert wird:

> Acht Tage vor, acht Tage nach Mariä Geburt fängt der Herbst an.

Das Fest Mariä Geburt selbst (8. Sept.) gilt in

Deutschland, besonders in Tyrol, für den Tag des Wegzugs der Schwalben:

An Mariä Geburt
Fliegen die Schwalben furt.[1])

und in Schwaben behauptet man:

Wie das Wetter an Mariä Geburt, so soll es vier Wochen bleiben.

Gleichen Einfluß auf das Wetter schreiben die Italiener dem 9. Sept., dem Tage St. Gorgonio's, zu.

Wenn es am Tage St. Gorgon's schön ist, ist's vierzig Tage lang gut und schön,

sagen die Mailänder;

Regnet es an St. Gorgon,
Ist der Oktober ein Dämon,

die Toscaner, und im Veronesischen heißt es:

Regnet es am Tage St. Gorgon's, regnet es den ganzen Herbst,

oder:

— ist's ein wahrer Satansherbst.

Natürlich haben die Venetianer dann nicht ganz Unrecht, wenn sie sprechen:

Se piove da San Gorgon,
Sete brentane e un brentanon[2])
(Wenn's am St. Gorgonstag regnet, sieben Ueberschwemmungen und noch eine kleine),

oder:

Wenn es am Gorgonstage regnet, geht die Aussaat verloren.

In der Lombardei wird der Gorgonstag zugleich

1) In Venedig hat man bereits am 24. August den Schwalben Lebewohl gesagt, indem es heißt:
An St. Bartholomä zieht die Schwalbe mit Gott.

2) Brentana, ursprünglich eine Ueberschwemmung der Brenta, bezeichnet das Austreten jedes fließenden Gewässers.

für den Tag angesehen, an welchem die Lerchen fortziehen, und in Frankreich beginnt man an diesem Tage, als dem Tag nach Mariä Geburt, das Arbeiten bei Licht, welches in der Picardie, laut dem Sprichwort:

Al saint Leu
El lampe och' cleu
(An St. Leu die Lampe an den Nagel), [1])

bereits am 1. September angefangen hat, in Deutschland aber bis auf Michaeli hinausgeschoben wird, wo nach der Redeweise der Venetianer

das Vesperbrod in den Himmel steigt,

d. h. aufhört.

Mit dem 21. September, von welchem die Franzosen und die Spanier sagen:

An St. Mathäus ist die Nacht mit dem Tage gleich,

weil ehemals die Herbst=Tag= und Nachtgleiche auf ihn fiel, hat in Oberitalien das schöne Wetter ein Ende.

Nach dem Tag von St. Matthä
Wirst wenig schöne Tag' du seh'n,

heißt es im Mailändischen;

An St. Matthä ist das schöne Wetter vorüber,

im Venetianischen, und die Czechen nehmen an diesem Tage sogar schon den Eintritt der rauhen Jahreszeit an, indem sie sprechen:

An Matthäi
Die Mütze über die Ohren zieh',

während die Russen behaupten:

Mit dem Sergjew=Tage (25. Sept.) fängt die Kälte an, mit dem Marientag im Winter (9. Nov.) setzt sie sich fest.

---

1) s. „29. Juli" auf S. 159.

In Deutschland versichert man:

> Wie's Matthäus treibt,
> So es vier Wochen bleibt, (d.=ö.)

und fügt daher hinzu:

> Wenn Matthäus weint statt lacht,
> Er aus dem Weine Essig macht,[1])

denn:

> Mathies
> Macht die Weinner (Trauben) süß, (twr.)

und:

> Ist Mathäi hell und klar,
> Hoff' du viel Wein auf's nächste Jahr. (Pf.)

Aber:

> Tritt Mathias stürmisch ein,
> Wird's bis Ostern Winter sein; (altm.)

> Wenn es an Mauritius (22. Sept.) klares Wetter ist, so sollen im nächsten Winter viele Winde tosen, (schwb.)

und in allen Weinländern achtet man sorgfältig auf die Fröste und Reife vor Michaelis, weil man denkt, nach ihnen die Maifröste bestimmen zu können. Friert es nämlich drei oder vier Wochen vor Michaeli, so soll es drei oder vier Tage vor dem ersten Mai frieren, und reift es drei oder vier Tage vor Michaelis, so sollen fast immer die Maifröste den Weinberg beschädigen, besonders wenn es am 1. Mai still und nicht windig ist.[2]) Wieviel Mal es übrigens vor Michaeli reift, soviel Mal soll es nach Georgi reifen, oder, wie man in der Rheinpfalz annimmt:

> Soviel Reif und Schnee vor Michaeli, soviel nach Wallpurgi.

---

1) Regen an St. Matthä
(Macht) Schweine, Lese und Lämmer fett. (andl.)

2) Wenn der Wein vor Michaeli erfriert, soll er im nächsten Mai wieder erfrieren. (Pf.)

Viel Eicheln um Michaeli, viel Schnee um Weihnachten,

und:

Ziehen die Zugvögel nicht vor Michaelis weg, so bleibt gelindes Wetter, wenigstens bis Weihnachten. (d.)

Michael mit Nord und Ost,
Deutet auf 'nen scharfen Frost;

Regen am St. Michaelistag läßt, ohne Gewitter, einen milden Winter; mit Gewitter, viel Wind erwarten,

und:

Regnet's am Michaelis- und am Gallus-Tage (16. Okt.) nicht, so rechnet man auf ein trockenes Frühjahr. (d.)

Auch glaubt man aus den Winden, welche an diesem Tage von sechs Uhr Morgens bis sechs Uhr Abends wehen, die Winde des ganzen folgenden Jahres vorausbestimmen zu können, indem jede Stunde einen Monat bedeuten soll, so daß z. B. im März der Wind ebenso weht, wie am Michaelistag zwischen 8—9 Uhr Morgens u. s. w., und in den Niederlanden öffnen die Landleute am Michaelistage noch immer Galläpfel, um aus ihnen die Beschaffenheit des kommenden Jahres zu prophezeien:

Sind die Galläpfel inwendig voll und gesund, so darf man auf das Gedeihen aller zum Leben nöthigen Früchte hoffen: sind sie naß und schmutzig, fürchtet man einen nassen Sommer; sind sie mager und trocken, einen überaus heißen.

Ebenso schließt man, wenn man eine Spinne, eine Fliege oder Würmer darin findet, auf ein schlimmes, leidliches oder gutes Jahr, und nimmt, giebt es sehr viel Galläpfel, einen frühen Winter mit vielem Schnee an.

In der Lombardei, wo es heißt:

An St. Michael steigt die Hitze auf zum Himmel, (m.)

schreibt man vor:

An St. Michael sieh' gut zu, ob der Himmel heiter ist, (b., v.)

denn:

St. Michaelisregen bleibt nie am Himmel, (m.)[1])

und:

Wenn der Erzengel sich die Flügel badet,
So regnet's bis zu Weihnachten. (m., v.)

---

1) St. Michaelsregen, sowohl vor, wie nach dem Tag, bleibt nicht am Himmel. (frz.)

Oktober.

Viel Frost und Schnee im Oktober deutet auf milde Witterung im Januar;

Warmer Oktober bringt kalten Februar,[1])

und:

Gewitter im Oktober lassen einen unbeständigen Winter erwarten,

sagen die Deutschen, und Czechen, wie Polen, stimmen ihnen darin bei.

In den Niederlanden herrscht der Glaube:

Der Oktober muß zwölf schöne Tage aufweisen, wie der März,

und in Andalusien räth man:

Im Oktober schaff' Brod an und bedecke dich,[2])

weil in diesem Monat das Getreide noch billig ist, und das Pelzwerk weniger Haare verlieren soll, als in andern.

Sieht man im Oktober viel Rohr mit kurzen Büscheln, so steht, nach der Meinung der Venetianer, ein langer und kalter Winter bevor, denn:

1) Ist der Weinmond warm und fein,
Kommt ein scharfer Winter hinterdrein. (d.)

2) Deshalb sagen die Spanier auch:
Pelzwerk vom Oktober, mit dem bedecke dich.

Wenn das Rohr[1]) kurze Büschel macht,
(Giebt's) viel Schnee und viel Eis.

Ebenso erwartet man im Venetianischen viel Schnee, wenn es viele Haselnüsse giebt:

Molte nosele, molta neve,

während man in Deutschland versichert:

Viel Eicheln und Buchnüsse lassen strengen Winter erwarten,

oder:

Sitzt das Laub im Oktober noch fest auf den Bäumen, so deutet das auf einen strengen Winter,

und im Luxemburgischen behauptet:

Wenn die Füchse viel bellen, so rufen sie großen Schnee herbei.

Der erste Oktober, der Tag der Fürsprecherin Mariä, steht bei den Russen in dem Rufe, den ersten Frost zu bringen:

(Am) Schutz der Gottesgebärerin die ersten Fröste,

indem sie zugleich annehmen:

Wenn am Schutztag der Wind aus Morgen weht, da wird der Winter sehr kalt werden,

und vom 2. Oktober sagt man in der Rheinpfalz:

Fällt das Laub auf Leodegar,
So ist das nächste ein fruchtbar Jahr.

In Dalmatien fürchtet man in den ersten Wochen des Oktobers die heftigsten Herbststürme, weshalb man vom heiligen Simeon, dem Schutzheiligen Zara's, dessen

---

1) Arundo donax.

Gedächtniß man am achten Oktober begeht, zu sprechen pflegt:

St. Simeon, Segelzerreißer.

Die Franzosen dagegen behaupten vom 9. Oktober, dem Fest des heiligen Dionysius, des ersten Bischofs von Paris:

Wenn es am Tage des heiligen Denis regnet, werdet ihr den ganzen Winter über Regen haben,

und auf der Insel Sardinien hat man die Ansicht:

Ist der Tag des heiligen Calixtus (14. Okt.) trocken und windig, dürres und nicht allzugutes Jahr; ist er aber regnerisch und still, gute und reiche Ernte.

In der Lombardei rechnet man um Mitte Oktober auf einige schöne Tage, welche man den

Sommer der heiligen Theresa

nennt, weil das Fest dieser Heiligen am 15. Oktober gefeiert wird, und diese letzte warme Witterung, die je nach der Lage der Länder früher oder später eintritt, und den Germanen wie den Slaven als Altweibersommer bekannt ist, wird fast überall mit dem Namen „Sommer" bezeichnet.[1])

So finden wir bei den Schweden den „Britt-" oder „St. Brittasommer," Brigittensommer (vom Tage der heiligen Brigitta, 8. Okt.); bei den Czechen den „St. Wenzelssommer," der gewöhnlich 14 Tage nach dem St. Wenzelstage (28. Sept.) eintritt, und nach dem Sprichwort:

1) In Nordamerika, wo er um Mitte Dezember eintritt, trägt er den Namen Indian summer. indischer Sommer.

Zieh'n die wilden Gänse fort, ist auch der Altweibersommer zu Ende, [1])

bis zum Wegzuge der wilden Gänse dauert; bei den Vlamingen den „Michelssommer" (vom 29. Sept.); bei den Engländern „St. Luke's little summer," den kleinen Lukassommer (vom 18. Okt.); bei den Franzosen „l'été de la Saint-Denis" (vom 9. Okt.), und den „Martinssommer," den die Germanen mit den Romanen gemeinsam haben, und in einigen Gegenden Deutschlands heißt es:

Am St. Gallustag
Den Nachsommer man erwarten mag,

wogegen man in andern deutschen Orten dem St. Gallustage (16. Okt.) zuschreibt:

St. Gallen
Läßt den Schnee fallen.

Daher sagt man auch:

Nach Sanct Gall
Bleibt die Kuh im Stall,

und:

Auf Sanct Gallentag
Muß jeder Apfel in seinen Sack,

und auf dem Hundsrück gilt es als Regel, das Hereinholen der Feldfrüchte, namentlich des Krautes, mit dem Gallustage zu beenden, weshalb man spricht:

1) In Rußland, wo der Altweibersommer bereits am 1. Sept. beginnt, da es heißt:

Semintag, Altweibersommer,

wird der 15. Sept.:

Nikyta, Gänseflug,

genannt, weil an ihm die wilden Gänse vom Weißen Meere her südwärts fliegen sollen.

Galles,
Schaff hämm (heim) Alles.

Die Czechen sind ebenfalls der Ansicht:

St. Gall hat Allem, auch dem Kohl geboten,

und in der Oberlausitz heißt es:

An St. Galli, wann die Rübe reif ist.

Während aber die Czechen meinen:

Für Galluskorn und Urbanhafer braucht man keine Scheuer zu bauen,

oder:

Galluskorn und Urbanhafer,
Was daraus wird, sag' mir nachher,

und die Deutschen gar behaupten:

In der Galluswoche darf kein Roggen gesä't werden,

räth man in Oberitalien:

Da San Galo
Para via e no fa falo (v.)

(An St. Gall führ' die Ochsen auf's Feld, und unterlaß das nicht),

oder:

An St. Gall säe, säe, thue es ja, (l.)

da es die höchste Zeit zum Säen ist. Auch glaubt man dort:

Wenn es an St. Gall regnet, regnet's bis zu Weihnachten, (v.)

oder:

Wenn es am Feste des heiligen Gallus schön ist,
Bleibt es bis zu Weihnachten schön, (b.)

und in Deutschland versichert man:

Ein trockener St. Gallustag verkündet einen trockenen Sommer.[1])

---

1) Nach St. Gallus' Verkünden,
Wird sich der nächste Sommer finden. (d.-ö.)

Der Name des heiligen Cerbonnet, dessen Gedächtniß der 17. Oktober geweiht ist, hat den Franzosen Veranlassung zu dem Wortspiel gegeben:

Le jour de st. Cerbonnet les prêtres prennent le camail et serrent le bonnet carré
(Am Tage des heiligen Cerbonnet nehmen die Priester das Wintermäntelchen um und drücken die viereckige Mütze fester an),

mit welchem sie den Eintritt der Kälte bezeichnen wollen, den auch die Serben um diese Zeit erwarten, indem sie sprechen:

Bis St. Lucas (18. Okt.) hab' die Hände, wo dir's beliebt; nach St. Lucas aber stecke sie in den Busen.

In Dalmatien hält man die Tage des heiligen Gallus und Lucas für nicht minder stürmisch und den Schiffen gefährlich, als den Tag des heiligen Simeon, und die Venetianer betrachten den Lucastag nicht nur als das Ende der Gewitter, welche nach dem Volksreim:

Da san Luca
El ton va in zuca
(An St. Lucas geht der Donner in die Kürbisse),

an diesem Tage in die Kürbisse, d. h. fort gehen, sondern auch als den letzten Tag, wo noch gesäet werden kann, denn:

Wer an St. Lucas noch nicht gesäet hat, reißt sich die Haare aus.[1])

Sie wiederholen daher den Rath, den sie schon für den Gallustag gegeben:

An St. Lucas spann' die Ochsen an, sei es naß, oder trocken,

und fügen zugleich hinzu:

---

1) Wer nicht an St. Lucas säet, erntet nicht einmal eine Zaunrübe ein (oder: reißt sich vor Wuth die Haare aus). (b., m.)

An St. Lucas nimm die Rüben heraus, und steck' die Kürbisse.

Auch in der Picardie heißt es:

A la saint Lu
Sème dru,
Ou ne sème pus

(An St. Lucas säe stark oder gar nicht mehr),

und die Spanier antworten auf die Frage:

„St. Lucas, warum stößt du nicht an?“ —
„„Weil ich keine trocknen Hosen anhabe,““

um auszudrücken, daß der Wein noch nicht in seinen Gefäßen ist, indem sie als Regel geben:

An St. Lucas tödte deine Schweine und spunde deine Tonnen zu.

In Böhmen gilt der Lucastag gewissermaßen als der Schluß der Ernte aller Früchte, von dem die Czechen sagen:

An St. Lucas,
Brod und Brei in Mass',

und in Toscana hört mit diesem Tage das Vesperbrod auf, weshalb man zu sprechen pflegt:

An St. Lucas das Vesperbrod in die Grube, und die Mispeln geschält.

Die Franzosen glauben, daß der 25. Okt., das Fest des heiligen Crispin, den Fliegen ein Ende mache, und versichern daher vom 28. Okt. scherzhaft:

Am St. Simonsfeste ist eine Fliege eine Taube (einen Hammel) werth.

Ueberhaupt wird der Gedächtnißtag der Heiligen Simon und Juda vielfach als der erste wirkliche Wintertag angesehen.

Wenn Simon und Judä vorbei,
So rückt der Winter herbei,

und:

Simon und Judä
Hängt an die Stauden Schnee,

heißt es im Deutschen;

An St. Simonis kommt der Winter leise im Trabe an,

und:

An Simonis Judä ist der Winter überall.[1])

im Czechischen;

An Simon Judä Schnee oder Frost,

und:

An St. Simon und Juda bilden sich feste Schollen,[2])

im Polnischen, und:

Um Simon Judä
Hebt die Peitschen auf,
Sucht die Handschuhe hervor,[3])

in der Oberlausitz.

Selbst in Italien sagt man:

An St. Simeon ruht der Fächer,[4])

und:

An San Simeone wirft man das Sieb weg,

1) Sanct Simon Jüd'
Bringt den Winter unner de Lüd'. (hlst.)

2) An Simonis erstarren im Felde die Erdschollen. (cz.)
St. Simon mit Juda treten auf Schollen auf. (p.)
An Simon Judä fürchtet das Pferd die (gefrornen) Schollen. (cz.)

3) An Simon Judä versteckt die Peitschen, schneidet Stöcke ab und nehmt die Handschuhe heraus, (olſ.)
weil dann das Viehhüten aufhört, und man beim Austreiben des Viehes Stöcke statt der Peitschen braucht.

An St. Simon und Juda die Feldhüter aus der Bude, (oschl.)
indem dann Alle, welche die Obst- und Weingärten hüteten, ihre Hütten verlassen.

4) An St. Simon den Fächer in einen Winkel. (b.)

weil dann die Winteraussaat vorüber ist, und die Basken rathen:

> An St. Simon und Juda die Schiffe vor Anker,

indem früher von diesem Tage an die Schifffahrt sogar gesetzlich verboten war, da man ähnlich dem in Oesterreich vom 21. Okt. geltenden Spruche:

> St. Ursula's Beginn,
> Zeigt auf den Winter hin,

in den baskischen Provinzen behauptet:

> An St. Simon und Juda ist der Winter im Gesicht.

November.

> Donnert's im November, so giebt's im nächsten Jahre viel Getreide,

heißt's in Deutschland, während die Südslaven behaupten:

> Je mehr Schnee im November fällt, um so fruchtbringender wird das Feld.

Aber:

> Wenn am Ende dieses Monats ein Regen mehrere Tage anhält, und gleich darauf sich Frost einstellt, so steht keine wohlfeile Zeit in Aussicht;

> Viel Regen im Oktober und November macht viel Wind im Dezember,

und:

> Wenn im November die Gewässer steigen, so hat man solches alle folgenden Monate, und noch außerdem einen nassen Sommer zu erwarten. (d.)

In einigen Gauen Deutschlands sagt man zwar:

> Allerheiligen bringt den Nachsommer,[1])

und auch in Schweden tritt gewöhnlich um die Zeit des

---

1) An Allerheiligen Sonnenschein,
Tritt der Nachsommer ein. (Pf.)

ersten November eine windstille heitere Witterung ein, welche man „die Allerheiligenruhe" nennt, aber in der Regel haben die Oberschlesier Recht mit ihrem Sprichwort:

> Alle-Heiligen sehen sich nach dem Winter um.

Daher versichern auch die Bewohner der Grafschaft Mark mit anerkennenswerther Vorsicht:

> Der Allerheiligensommer dauert drei Stunden, drei Tage oder drei Wochen;

in der Eifel wagt man die schon entschiedenere Erklärung:

> Nach der Allerheiligen-Messe sind wir des Winters gewiß; wenn er dann nicht kommen mag, dauert es nur bis Martinitag,

und in Holstein spricht man geradezu:

> Allerhilgen
> Sitt de Winter up den Tilgen
> (Allerheiligen, sitzt der Winter auf den Zweigen).

Selbst in Portugal heißt es:

> An Allerheiligen der Schnee auf den Feldern,

und in Oesterreich behauptet man:

> Allerheil'gen feucht,
> Wird der Schnee nicht leicht.

In Oberitalien herrscht die Meinung:

> Wenn die Heiligen das Wetter verdorben vorfinden, bringen sie es in Ordnung; wenn sie es gut vorfinden, in Unordnung,

oder:

> Wenn die Heiligen das Wetter verderben, machen es die Todten (2 Nov.) wieder gut,

und in Toscana, wie in Brescia, empfiehlt man den Frauen an:

An Allerheiligen Muff und Handschuh.

Eine alte deutsche Bauernregel, die wir auch bei den Slaven wiederfinden, schreibt vor:

Am Allerheiligentag geh' in den Wald und haue einen Span aus einer Buche (Birke); ist er trocken, wird der Winter kalt; ist er naß, so wird er feucht.

Die Czechen sagen, gleich den Vlamingen, umgekehrt:

Ist der Span trocken, wird der Winter warm; ist er feucht, wird der Winter kalt,

und die Kroaten, welche in Ermangelung eines Buchenspanes auch einen Eichenspan nehmen, versichern:

Ist er dürr, wird der Winter trocken und heftig; ist er frisch, wird der Winter sehr schneereich.

Regnet's an Allerseelen, so heißt's in Dalmatien:

Die Todten weinen,

und fällt am 11. November, dem Martinitag, der erste Schnee, so spricht man in Böhmen:

Der hl. Martin kommt auf seinem Schimmel an.[1])

Denn Martini gilt als schnee- und kältebringend:

Sanct Martin,
Feuer im Kamin, (d.)[2])

und:

Sanct Märten Miß
Is de Winter wiß; (plattd.)

An Martini scherzt der Winter nicht: Schnee und Frost kommt mit Gewalt, (cz.)

und obwohl man nach dem italienischen Sprichwort:

Der St. Martinssommer dauert drei Tage und ein Bischen,

---

1) St. Martin reitet gern auf weißem Pferd. (oschl.)

2) St. Martin macht Feuer im Kamin. (d.-b.)
An St. Martin raucht's aus dem Kamin. (cz.)

die Zeit um Martini in Italien noch für warm halten sollte, so hört man doch in Mailand nicht nur den wohlmeinenden Rath:

> An St. Martin
> Leg' Holz auf's Kamin,

sondern auch den Grundsatz:

> Am Tage Aller-Heiligen kleiden sich die Großen warm; an St. Martin thut es Groß und Klein,

und die Venetianer, welche sprechen:

> Um St. Martin
> Pflegt der Winter anzuzieh'n,

bemerken mitleidsvoll:

> Von Martini bis zum Weihnachtsfest,
> Geht's jedem Armen schlecht.[1])

Die Polen behaupten:

> Wenn die Gans vor Martini auf dem Eise ausglitscht, kann sie nach St. Martin in's Wasser tauchen,

und auch am Rhein versichert man:

> Giebt es vor St. Martin starken Frost, dann wird der Winter gelind. (Mrk.)

Dagegen:

> Ist zu Martini das Laub noch nicht von den Bäumen und Reben gefallen, so soll ein strenger Winter folgen. (d.)

und allbekannt bei Germanen, Slaven und Romanen ist die Ansicht, daß man am Martinstage aus dem Brustbein der gebratenen Martinsgans die Beschaffenheit des bevorstehenden Winters voraussagen könne, und zwar:

> Ist das Brustbein braun, soll es mehr Schnee als Kälte, ist es weiß, mehr Kälte als Schnee bedeuten.

1) Von St. Martin bis Weihnachten geht's allen Armen schlecht. (b.)

Auch dem Wetter des Martinstages selbst schreibt man einen großen Einfluß auf die Witterung zu:

> Wolken an Martinitag,
> Der Winter unbeständig werden mag; (d.-b.)

> Wenn auf Martini Nebel sind,
> Wird der Winter gelind; (Elf.)

> Wenn am Martinstage Wind ist, weht das ganze Jahr Südwest, (v.)[1]

und:

> Ist's an Martini trüb', so wird ein leidlicher, ist's aber hell, ein kalter Winter folgen. (Pf.)[2]

Die Venetianer und Mailänder geben daher den Rath:

> Wenn am Martinstage die Sonne hinter Wolken untergeht, verkauf' das Brod, und behalte die Kuh; wenn sie aber klar untergeht, verkaufe die Kuh, und behalte das Heu,

während in der Rheinpfalz die Ansicht herrscht:

> Wenn's um Martini regnet und bald darauf Frost eintritt, so bringt's der Saat Schaden.

Da nach Martini die Kälte immer fühlbarer wird, heißt es im Bergamaskischen bereits vom 13. November:

> 'A Sant Omobù
> Töc i strass i sa de bu
> (An St. Omobon sind alle Lumpen gut),

d. h. jeder Rock, so abgenutzt er auch sei, ist gut genug zum Schutz gegen die Kälte, und der Venetianer schildert die allmählige Steigerung der Kälte im November mit den Worten:

---

1) Wenn Wind ist am Martinitag,
Das ganze Jahr er wehen mag. (b.)

2) Ist es an Martini neblicht, naht ein unbeständiger und trüber Winter; ist es hell, wird ein trockner und heftiger Winter folgen. (lel.)

An den Todten hüllen sich die Frost'gen ein,
An Martini thut es Groß und Klein;
Die schönen Mädchen thun's am Frauentag (21. Nov.),
Und selbst die Stutzerin thut's am Kathrinentag (25. Nov.).[1])

Denn schon vom 23. November, sagt der Mailänder:

An St. Clemens fällt sich der Winter einen Zahn aus,

um anzudeuten, wie stark die Kälte gewesen, und von dem Tage der hl. Katharina behauptet man in der Lombardei:

An St. Katharina wird die Kälte schärfer;

in Westphalen:

Kathraine
Helt den Winter innen Schraine (Schranke);

in andern Gegenden Deutschlands:

Katharinenwinter,
Plackwinter,

und in der Morlakei in Dalmatien:

Wenn die hl. Kathe kommt, müssen die Schienbeine am Feuer braten.

Deshalb giebt der Mailänder die Vorschrift:

An St. Katharinä zieh' den Wärmtopf heraus;[2])

der Krainer:

Sei es Katharinentag oder Johanni, wenn es friert, da heizt nur ein,

und der Czeche:

---

1) An den Todten hüllen sich die Frost'gen ein,
An Martini thut es Groß und Klein,
Und am Kathrinentag hüllt selbst die Dam' sich ein. (b.)

2) An St. Katharina nimmt man den Kohlentopf, (v.)

d. h. sowohl den Topf zum Wärmen der Hände und Füße, wie die Wärmflasche zum Auswärmen des Bettes.

Am Tage der hl. Katharina muß man sich unter das Federbett stecken.

Auch steht die hl. Katharina in dem Rufe, an ihrem Fest den Schnee zu lieben.

Die hl. Katharine kommt weiß gekleidet,

sagt man in Frankreich und dem Wallonenlande;

Santa Catarina la porta el sach de la farina
(St. Katharina trägt den Sack mit Mehl),

in Mailand, und:

An St. Katharinä den Schnee auf den Hügeln,

oder:

— entweder Schnee oder Reif,

in Toscana.

Scheint am Katharinentag die Sonne, so hören die langen Herbstregen auf, (v.)

weshalb die Kinder der Vlamingen singen:

Sinte Catheleyne,
Laß nur die Sonne scheinen,
Damit der Regen vorübergehe u. s. w.,

und friert an diesem Tage, von welchem man in Oesterreich behauptet:

Wie St. Kath'rein,
Wird's Neujahr sein,

der Rhein zu, so soll er erst am 17. März wieder ganz ohne Eis sein, indem ein in der Grafschaft Mark übliches Sprichwort lautet:

Sünte Kathrin
Smitt den ersten Sten innen Rhin,
Sünte Gerderut
Tüht 'ne wi'er herut.[1])

---

1) s. „11. Febr." auf S. 90.

(St. Katharine schmeißt den ersten Stein in den Rhein,
St. Gerdrute zieht ihn wieder heraus.)

Für noch kälter, als den Katharinentag, hält man den 30. November, den Andreastag, von dem es heißt:

Andries
Bringt d' Winter gwieß, [1])

oder:

Andrehs
Brängk dä kahle Frehs
(Bringt den kalten Frost), (K.)

und:

An St. Andreä fühlt man die Kälte selbst im Bett, (b.)

während man in Sicilien versichert:

An Allerheiligen der Schnee in den Winkeln,
An St. Andreas der Schnee auf der Straße.

An der Aar glaubt man:

Andreas hell und klar,
Bringt ein gutes Jahr,

und einer in Böhmen, Deutschland und den Niederlanden verbreiteten Volksmeinung nach, soll man am Andreastage erfahren können, ob das nächste Jahr feucht oder trocken wird, wenn man am Abend vorher ein Glas voll Wasser gießt, und dieses die Nacht über stehen läßt. Ist es übergelaufen, erwartet man ein feuchtes, ist Nichts übergelaufen, ein trockenes Jahr.

---

1) Andreas Misse,
Kommt der Winter gewisse. (Lippe.)
Sünten-Dresmisse es de Winter gewisse,
Kläsken derna süht me 'ne vör allen Düören stan. (Mrk.)
(An St. Andreasmeß ist der Winter gewiß; an Klauschen danach (d. h. am 6. Dez.) sieht man ihn vor allen Thüren stehen.)

Dezember.

Wie vom ersten Monat des Jahres, so wünscht man auch vom letzten, daß er Schnee und Kälte bringe, denn:

Kalter Dezember mit vielem Schnee verheißet ein fruchtreiches Jahr, (d., p.)[1])

oder, wie ein deutscher Volksreim sagt:

Dezember kalt, mit Schnee,
Giebt Korn auf jeder Höh',[2])

indem man in Oberitalien behauptet:

Dezemberschnee,
Drei Monat Schnee.[3])

Um aber weniger von der Kälte zu leiden, die nach dem venetianischen Spruche:

Decembre davanti te scalda e dadrio t'incende oder t'offende[4])

---

1) Auch:

Dunkler Dezember deutet auf ein gutes Jahr. (d.)

2) Sind im Dezember die Nächte hell und klar, und besonders die Milchstraße hellschimmernd, so soll große Fruchtbarkeit folgen. (d.)

3) Im Veronesischen sagt man:

Der Dezemberschnee erneut sich siebzehn Mal.

4) December große Plag'!
Vornweg macht er dich zu Eis und hinterdrein verletzt er dich (durch Kälte). (m.)

zu Anfang und Ende des Monats am ärgsten ist, räth der Spanier:

Im Dezember Holz, und (dann) schlafe.

Da man im Mailändischen versichert:

Der Dezember nimmt und giebt nicht wieder,

weil er viel Ausgaben macht und wenig einbringt, so dürfte das Schlafen im Dezember zu den Dingen zählen, von denen man in Andalusien spricht:

Jedes Ding hat seine Zeit,
Und die Rüben im Advent.[1])

Die Lösung der Frage, ob der Dezember Schnee und Frost bringen werde, macht man in Dalmatien und Oberitalien vom Wetter des 2. Dezember abhängig, denn wie in Andalusien, sagt man auch in Mailand und Venedig:

Wenn es am Tag der heiligen Bibiana regnet,
Regnet es 40 Tage und eine Woche,

während die Dalmatier, in solchem Falle etwas genügsamer, einem blos 40tägigen Regen entgegensehen.

Bei den Nordslaven, welche nie einen milden Dezember annehmen, steht der 4. Dezember in dem Rufe, die Kälte und den Schnee herbeizuführen.

An St. Barbara den Schlitten auf den Hof,

heißt es in Polen;

Barbara baut die Brücken, Sara (5. Dez.) schärft die Nägel,
und Nikola (6. Dez.) schlägt sie ein,

---

1) Thu' jedes Ding zu seiner Zeit,
Und die guten Rüben (iß) im Advent. (m.)

oder:

Barbara brüht, Sara härtet und Nikola schmiedet zusammen,

in Rußland, indem man noch hinzufügt:

Georg (23. April) mit Futter, und Nikola mit der Brücke,

oder:

Nikola im Herbst treibt die Pferde in den Hof,
Nikola im Frühjahr (9. Mai) macht sie fett.

Nur wenn es Anfang November stark friert, glauben die Russen, daß es um Nikola thaut, indem sie sprechen:

Was der Erzengel Michael (8. Nov.) zusammenschmiedet, das schmiedet Nikola auseinander,

wogegen die Czechen um diese Zeit stets Thauwetter erwarten, da sie behaupten:

St. Nikolaus spült die Ufer ab.

Das Fest der heiligen Lucia (13. Dez.), welches nach dem alten Kalender auf den 25. des jetzigen fällt, gilt im Volksmund noch immer zur Bezeichnung des kürzesten Tages.

Sanct Lucen
Macht den Tag stutzen, [1])

sagen die Deutschen;

Lucy light.
The shortest day and the longest night[2])

(Luciatag, der kürzeste Tag und die längste Nacht),

die Engländer, und:

---

1) Sünter Luzigge,
Gât dai Dage to digge.
(St. Lucia gehen die Tage zum Zunehmen.) (wstphl.)

2) Sta. Lucia der kürzeste Tag, den es giebt. (t.)

Santa Lucia,
La note più longa che sia[1])
(Sta. Lucia, die längste Nacht, die es giebt);

die Venetianer.

Die Spanier und Portugiesen, welche schon den Andreastag so kurz finden, daß die Letzteren sprechen:

An St. Andreas ist's den ganzen Tag Nacht,[2])

nehmen an St. Luciä bereits ein Wachsen des Tages an:

St. Lucia,
Nimmt ab die Nacht, und wächst der Tag;

die Czechen sind derselben Ansicht, die sie mit den Worten ausdrücken:

Heilige Lucie
Trinkt die Nächte ab,

oder:

Am Tag der heiligen Lucie
Trinkt sie schon die Nächte ab,

und die Franzosen und Sardinier geben sogar an, um wieviel die Tage an St. Luciä schon länger geworden sind, und zwar meinen die Ersteren:

An St. Luciä wachsen die Tage um den Sprung eines Flohes;

die Letzteren:

Am Tage der heiligen Lucia wachsen die Tage um den Schritt eines Küchleins.

Auch glaubt man in Sardinien, nach der Witterung des Lucientages die des Christtages bestimmen zu können, indem man spricht:

Lucia hell, Weihnachten dunkel (d. h. mit Schnee); Lucia mit Schnee, Weihnachten klar,

---

1) Die Nacht von Sta. Lucia ist die längste, die es giebt. (b.)
2) An Sta. Andres ist's die ganze Zeit Nacht. (sp.)

und in Oberitalien hält man diesen Tag für so empfindlich kalt, daß man behauptet:

An St. Lucia beißt die Kälte. (m.)[1])

Der 21. Dezember (n. St.) ist zwar astronomisch der kürzeste Tag des Jahres, von dem es in Deutschland und den Niederlanden heißt:

Gefriert es am kürzesten Tage, fällt das Korn im Preise; ist es gelindes Wetter, steigt der Preis.

indessen die Venetianer und Brescianer allein haben ihn im Sprichwort als solchen anerkannt, da nur sie zu sagen pflegen:

Von St. Thomas an kehrt der Tag um (d. h. er wird länger).

In Toscana versichert man:

An St. Thomas ist der Tag um soviel gewachsen, als der Hahn den Fuß hebt;

im französischen Département du Nord hört man:

An St. Thomas um einen Katzensprung.

und in der Picardie:

Am heiligen Thomastage um einen Pferdeschritt.[2])

Während aber nach der Ansicht der Toscaner der Tag:

Von St. Lucia bis Weihnachten um einen Hahnenschritt.[3])

zunimmt, haben die Bewohner des französischen Norddepartements die Meinung:

An Weihnachten um einen Eselssprung, zu Neujahr um einen Gerichtsdienerschritt, und an den Königen wird man's gewahr.

---

1) An St. Lucia martert die Kälte. (v.)

2) An St. Lucia wachsen die Tage um den Sprung eines Flohes, an St. Thomas um den Schritt eines Pferdes. (Pic.)

3) Von St. Lucia bis Weihnachten verlängert er sich (d. h. der Tag) um einen Hahnenfuß, von Weihnachten bis Epiphania um ein Stündchen. (v.; g. ä. m.)

Am Weihnachtstage wachsen die Tage um einen Hühnerfuß. (sa.)

In Portugal glaubt man:

Von St. Lucia bis Weihnachten wächst der Tag um eine Spanne,

und auf Sicilien erklärt man:

Von St. Lucia bis Weihnachten um einen Hundeschritt, von Weihnachten bis zum Neujahr um einen Menschenschritt.

Ebendort behauptet man:

Vor Weihnachten nicht Kälte, noch Hunger,
Nach Weihnachten Kälte und Hunger;[1])

und wenn auch der Venetianer frostige Seelen mit den Worten zu trösten versucht:

Vor Weihnachten giebt's keine Kälte, und nach Weihnachten geht die Kälte fort,[2])

so gesteht er doch selbst zu:

Da Nadal, un fredo, coral,
Da la vecchia un fredo che se crepa[3])
(An Weihnachten eine Kälte bis zum Herzen, an der Alten [6. Jan.] Kälte zum Umkommen),

und in Frankreich, wie in Spanien heißt es:

Einen Monat vor und nach Weihnachten ist der Winter am grausamsten (sp.: in Wahrheit Winter).[4])

---

1) Bis Weihnachten weder Kälte, noch Hunger; nach Weihnachten Kälte, Hunger und Schnee. (b.)

Bis Weihnachten kann Kälte wenig thun, aber nach Weihnachten verfolgt dich Kälte und Hunger. (v.)

Bis Weihnachten giebt's weder Hunger, noch Kälte. (f.)

Bis Weihnachten weder Kälte, noch Hunger, aber von Weihnachten an Kälte und Hunger. (bs.)

Bis Weihnachten: Kraljewitsch Marko! (d. h. Gesang)
Nach Weihnachten: Ach, meine Mutter! (d. h. Klagen). (Hrzg.)

2) Vor Weihnachten nicht Kälte, nicht Hunger: nach Weihnachten geht die Kälte fort. (t.)

Weihnachten kommt, der Winter geht fort. (ill.)

3) Zu Weihnachten thut die Kälte weh,
Zur Alten ist eine Kälte zum Umkommen. (l.)

4) An Weihnachten muß man große Klötze, an Ostern Aeste an's Feuer legen. (ba.)

Indessen kann auch nichts Unerwünschteres kommen, als warme Weihnachten, denn:

Ist das Wetter um Weihnacht gelinde, so währt die Kälte gewöhnlich lange in's Frühjahr hinein, (d.)

oder:

Wintert's vor Weihnachten nicht, so wintert's nach, (d.)

und das allbekannte Sprichwort:

Grüne Weihnacht, weiße Ostern,[1])

findet sich mit zahlreichen Varianten fast in allen europäischen Sprachen vor.

Zu Weihnachten Sonne, und zu Ostern Kohlen,[2])

oder:

Weihnachten in der Sonne, Palmsonntag beim Feuerbrand,[3])

sagen die Spanier;

Zu Weihnachten beim Spiel, und zu Ostern am Feuer,[4])

oder:

Weihnachten auf dem Platze, und Ostern im Hause,

die Portugiesen;

Wer Weihnachten in der Sonne begeht,
Zu Ostern an dem Feuer steht, (t.)

oder:

Im Jahre, wo man zu Weihnachten schwitzt, bebt man unfehlbar zu Ostern vor Kälte. (b., v.)

---

1) Grüner Juul, weiße Ostern. (dä., schw.)
Grüner Christtag, weiße Ostern. (d.)
Ein grüner Christtag, ein weißer Ostertag. (Eif., Mrk., h.)
Weihnachten im Klee,
Ostern im Schnee. (d.)

2) An Weihnachten Sonne und an Ostern Kohlen. (port.)

3) Weihnachten mit Sonne, und Ostern mit dem Feuerbrand. (sic.)

4) Zu Weihnachten beim Spiel, zu Ostern beim Feuer (und umgekehrt). (b., t., v.)

die Italiener;

Zu Weihnachten auf der Freitreppe, zu Ostern am Feuerbrand,[1])

oder:

Wenn man zu Weihnachten die Mücken sieht, sieht man zu Ostern die Eisschollen,[2])

die Franzosen, und:

Ist zu Weihnachten das Gras grün, wird's zu Ostern mit Schnee bedeckt sein,[3])

die Morlaken in Dalmatien.

Daher rathen die Venetianer:

Wenn du zu Weihnachten Saat siehst, so schlage den Hund todt;
Wenn du aber keine siehst, so gieb ihm Brod;

die Serben erklären warnend:

An warmer Weihnacht und an Weihnachtsbrod vom Freunde (d. h. wenn man kein eignes backen kann) darf man sich nicht erfreuen,

indem sie hinzusetzen:

Lieber Weihnacht mit der Pest, als mit dem Südwind,

und die Czechen sind ebenfalls der Ansicht:

Besser strenge Weihnachten, als feuchte,

denn:

---

1) Zu Weihnachten auf dem Balkon (Pic.: Giebel), zu Ostern beim Feuerbrand. (norm.)

Chresdag (Christtag) an der Dühr (Thür),
Ostern öm et Für (am Feuer). (plattd.)

Zu Weihnachten auf der offenen Gallerie (der soleja), zu Ostern möglichst geschützt. (sp.)

Zu Weihnachten an dem Sonnenplatze, und zu Ostern am Herde. (port.)

2) Zu Weihnachten die Mücken, zu Ostern die Eisschollen. (Pat.)

3) Steckt die Krähe um Weihnachten im Klee,
Sitzt sie sicher um Ostern im Schnee. (d.)

Ist's um Weihnachten feucht und naß,
So giebt's leere Speicher und Faß. (d.)[1]

Während aber die Czechen gleich den germanischen Völkern behaupten:

Helle Metten, dunkle Scheuern,
Finstere Metten, helle Scheuern,[2]

sprechen die Serben den Wunsch aus:

Bewahr' dich Gott vor heller Weihnacht und bewölktem Georgstag!

In Rußland wiederum ist man der Meinung:

Finst're Weihnachten, milchreiche Kühe; helle Weihnachten, legende Hühner,[3]

und in Deutschland glaubt man:

Ist die Christnacht vor Mitternacht trübe, gedeiht das vor dem Christtag geborene Vieh nicht; ist sie nach Mitternacht hell, gedeiht das nach dem Christtag geborene,

und so auch umgekehrt.

Schneit es dagegen in der Christnacht, so soll, nach

---

1) Weihnachten naß,
Leere Speicher und Faß. (Pf.)

Wenn's um Weihnacht ist feucht und naß,
Giebt's leere Speicher und leeres Faß. (b.)

2) Helle Christnacht, finst're Scheuer,
Finst're Christnacht, helle Scheuer. (d.)

Ist die Christnacht hell und klar,
Folgt ein höchst gesegnet Jahr. (d.-b.)

Helle Weihnacht, schwere Garben. (engl.)

Finstere hl. Nacht, lichte Heustädl; mondlichte hl. Nacht, dunkle Heustädl. (tyr.)

Weihnachten klar,
Gutes Weinjahr. (Pf.)

3) Ist's an Christnacht sternenreich, legen die Hühner reichlich. (cz.)

Sind in der Christnacht Sterne am Himmel, gedeiht das junge Vieh gut; ist es aber starker Nebel, giebt es ein ausgezeichnetes Erntejahr. (esth.)

einem andern deutschen Volksglauben, der Hafer gut gerathen, und in Niederösterreich sagt man:

> Wie Adam und Eva's (24. Dez.) Spend,
> Bleibt's bis zu End.

In Holstein heißt es:

> Wenn der hl. Christ eine Brücke (d. h. von Eis) findet, so zerbricht er sie; und findet er keine, so macht er sie,

und in Brescia folgert man:

> Nadal nebius, Carneal arius
> (Weihnachtsnebel macht den Carneval schön).

In Italien, wie in Spanien, gilt es für bedeutungsvoll, ob der Christtag auf einen Sonntag oder Freitag fällt, weshalb die Spanier die Vorschrift ertheilen:

> Christtag am Freitag, säe, wo du kannst; am Sonntag, verkaufe die Ochsen und kaufe dafür Getreide,

die Italiener aber die Anweisung geben:

> Wenn Christtag Sonntags kommt,
> So verkaufe den Mantel und kaufe Moorhirse dafür,[1])

weil dann ein unfruchtbares Jahr folgen soll, und zahllos sind die Sprüche, welche sich in Deutschland und den Niederlanden auf den hl. Abend und die mit ihm beginnenden Zwölften beziehen, und zum großen Theil auch in Frankreich, Ungarn und den Slavenländern Eingang gefunden haben.

Denn die gebräuchlichste Art, die Witterung des nächsten Jahres zu erkennen, ist die, das Wetter in den zwölf Nächten zu beobachten, deren jede einen Monat bedeutet. Man fängt dabei mit der Christnacht an,

---

1) Wenn das Christfest Sonntags kommt,
Verkauf' das Schwein und kaufe Moorhirse. (v.)

und schließt: Wie das Wetter von Abend bis Mitternacht, ist auch das des ersten Viertels vom Januar; wie von Mitternacht bis Morgen, das des zweiten Viertels; wie von Morgen bis Mittag, das des dritten, und wie von Mittag bis Abend, das des letzten Viertels des Januars, u. s. f. bei jedem der folgenden Tage.

Der 6. Januar entscheidet, ob die Wetteranzeige für das Jahr giltig ist, oder nicht. Ist dieser Tag nämlich trocken, so ist das Erstere der Fall; ist er feucht, das Letztere. Will man noch sicherer gehen, so setzt man die Beobachtung noch sechs Tage fort, indem man immer von einem Tage auf zwei Monate schließt.

Nicht minder achtet man in den zwölf Nächten darauf, wie es mit Wind und Sonne steht, sowie auf welche Zeit des Mondes und auf welchen Tag der Woche der Christtag fällt, und ziemlich lange Reimsprüche schildern auf das Ausführlichste alle Folgen, welche jeder der genannten Umstände auf Wetter, Vieh und Menschen nach sich ziehen soll.

Da sie aber sämmtlich dem Gebiete des Aberglaubens angehören, da sie alle blos gleichlautende Uebersetzungen eines und desselben Originales sind, und wir sie bereits anderwärts einmal vollständig mitgetheilt haben, [1]) wollen wir uns mit dem Spruch begnügen:

Wie sich die Witterung vom Christtag bis h. Dreikönig verhält,
So ist das ganze Jahr bestellt, (Eif.)

und mit den belehrenden Worten des Russen schließen:

Der 31. Dezember schließt das Jahr, sagt der Samogitier.

---

1) Festkalender aus Böhmen, Prag 1861, S. 561—570. 589—595.

Alphabetisches Sachregister.

Quellenverzeichniß.

Grimm, J., Deutsche Mythologie. Göttingen 1844.
Haltaus, Chr. G., Jahrzeitbuch der Deutschen des Mittelalters, herausgegeben durch Scheffer. Erlangen 1797.
Liebrecht, F., Des Gervasius von Tilbury Otia Imperialia. Hannover 1856.
Nork, F., Der Festkalender. Stuttgart 1847.
Pilgram, A., Calendarium Chronologicum medii potissimum aevi. Viennae 1781.
Piper, Vergleichender Kalender für 1855. Berlin 1855.
Reinsberg-Düringsfeld, O. Frh. v., Das Festliche Jahr. Leipzig 1863.

J. Ludolfi alias Leutholf dicti ad suam Historiam Aethiopicam antehac editam Commentarius. Francofurti 1691.
Phrophetia Jonae ex Aethiopico in Latinum ad verbum versa, a Th. Petraeo. Lugd. Bat. 1660.

African Native Literature, by S. W. Koelle. London 1854.
A Grammatical Sketch of the Akra- or Ga-Language, by J. Zimmermann. Stuttgart 1858.
Elemente des Akwapim-Dialektes der Odschi-Sprache, von H. N. Riis. Basel 1853.

Albanesische Studien, von Dr. G. von Hahn. Jena 1854.

Arabum Proverbia, ed. G. W. Freytag. Bonnae 1838, 1839, 1843.
Motti, aforismi e proverbii maltesi, da M. Vassalli. Malta 1828.

Proverbes Basques, p. A. Oihenart. Bordeaux 1847.
Le Pays Basque, p. F. Michel. Paris 1857.

Danske Ordsprog og Mundheld, af Fr. Bresemann. Kjöbenhavn 1843.

Tydsk-Dansk Parleur, af Fr. Bresemann. 5te udg. Kjöbenhavn 1854.

Die Sprichwörter der Deutschen, von Dr. W. Körte. Leipzig 1837.

Die Deutschen Sprichwörter (gesammelt von K. Simrock). Frankfurt a. M. 1846.

Die Sprichwörter und Sinnreden des deutschen Volkes in alter und neuer Zeit, von J. Eiselein. Freiburg 1840.

Das deutsche Volk, von E. Duller. Leipzig 1847.

Germaniens Völkerstimmen, von J. M. Firmenich. Berlin 1843. 1846.

Altes Gold, von W. Lohrengel. Clausthal 1860.

Niederdeutsche Sprichwörter und Redensarten, von K. Eichwald. Leipzig 1860.

Dat sülwern' Book, van J. N. Bärmann. Hamborg 1859.

Holsteinisches Idiotikon, von J. F. Schütze. Hamburg 1860.

Sitten und Sagen, Lieder, Sprichwörter und Räthsel des Eifler Volkes, von J. H. Schmitz. Trier 1856.

Volksüberlieferungen in der Grafschaft Mark, nebst einem Glossar. Von J. F. L. Woeste. Iserlohn 1848.

Volksreime und Volkslieder in Anhalt-Dessau, von E. Fiedler. Dessau 1847.

Gräße, des deutschen Landmanns Praktika. Dresden 1859.

Märkische Sagen und Märchen nebst einem Anhange von Gebräuchen und Aberglauben, von A. Kuhn. Berlin 1843.

Müllenhof, K., Sagen, Märchen und Lieder der Herzogthümer Schleswig, Holstein und Lauenburg. Kiel 1845.

Norddeutsche Sagen, von Kuhn und Schwarz. Leipzig 1848.

Montanus, Die deutschen Volksfeste, Jahres- und Familienfeste. Iserlohn 1854.

Beiträge zur deutschen Mythologie, von Fr. Panzer. München 1855.

Deutsche Sagen, Sitten und Gebräuche aus Schwaben, von E. Meier. Stuttgart 1852.

Sitten, Bräuche und Meinungen des Tiroler Volkes, von J. Zingerle. Innsbruck 1857.

Festkalender aus Böhmen, von O. Frh. von Reinsberg-Düringsfeld. Prag 1861.

A Complete Collection of English Proverbs, by J. Ray. London 1817.

Hone, the Every-Day-Book. London.

Esthnische Sprachlehre, von A. W. Hupel. Mitau 1818.
Der Esthen abergläubische Gebräuche, Weisen und Gewohnheiten, von J. W. Boecler, herausgegeben von Dr. Fr. R. Kreutzwald. St. Petersburg 1854.

Runen finnischer Volkspoesie, von Dr. J. Altmann. Leipzig 1856.

Dictionnaire National ou Dictionnaire Universel de la Langue française, par M. Bescherelle. Paris 1858.
Choix de Proverbes, par A. Delanone. Paris.
Glossaire étymologique et comparatif du Patois picard, par J. Corblet. Paris 1851.
Lexique roman ou Dictionnaire de la langue des Troubadours, comparée avec les autres langues de l'Europe latine, par Raynouard. 6 tomes. Paris 1838—1844.
Dictionnaire Provençal-Français suivi d'un Vocabulaire Français-Provençal, par J. F. Avril. 1839.
Recueil de morceaux choisis en Patois. Lausanne 1842.

Rabbinische Blumenlese, von L. Dukes. Leipzig 1844.
Zur Rabbinischen Spruchkunde, von L. Dukes. Wien 1851.

Coremans, L'année de l'ancienne Belgique. Bruxelles 1843.
Calendrier Belge. Fêtes religieuses et civiles, Usages, Croyances etc., par le Baron de Reinsberg-Düringsfeld. 2 vol. Bruxelles 1861—2.
Tuinman, C., De oorsprong en uitlegging van dagelijks gebruikte Nederduitsche Spreekworden, opgeheldert tot grondig verstand der vaderlandsche moedertaal. Middelburg 1726.

Vergleichendes etymologisches Wörterbuch der gothisch-teutonischen Mundarten, von H. Meidinger. Frankfurt a. M. 1833. (Isländische und schwedische Sprichwörter.)

Dizionario Italiano-Tedesco, da D. A. Filippi. Vienna 1817.
Proverbi Italiani, da O. Pescetti. Verona 1603.
Dialetti, costumi e tradizioni delle provincie di Bergamo e di Brescia, da G. Rosa. Bergamo 1857.
Saggio di un Vocabolario Bergamasco di A. Tiraboschi. Bergamo 1859.
Proverbi lombardi, dal prof. Samarani Bonifacio. Milano 1858—1860.
Il Nipote del Vesta Verde. Strenna popolare. Milano 1850.

Vocabolario Bergamasco-Italiano, da St. Zappettini. Bergamo 1859.
Vocabolario Parmigiano-Italiano, da C. Malaspina. Parma 1856.
Proverbios Sardos, dai su Canonigu J. Ispanu. Kalaris 1852.
Nuovo Dizionario Siciliano-Italiano, di V. Mortillano, Marchese di Villarena. Palermo 1844.
Dizionario del dialetto Veneziano, di G. Boerio. Venezia 1829.
Raccolta di Proverbi Veneti, da C. Pasqualigo. Venezia 1857.

Lettische Grammatik, von G. F. Stender. Mitau 1783.
Magazin, herausgegeben von der lettisch-litauischen Gesellschaft. Bd. VI. Mitau 1838.

Litauische Märchen, Sprichworte, Räthsel und Lieder, von A. Schleicher. Weimar 1857.

Deutsch-Negerenglisches Wörterbuch, von H. R. Wullschlägel. Löbau 1856.

A Dictionary of Modern Greek Proverbs, by A. Negris. Edinburgh 1831.

A Collection of Proverbs and Proverbial Phrases in the Persian and Hindoostanee Languages, by Th. Roebuck. Calcutta 1824.

Vocabulario Portuguez-Latino p. D. Raphael Bluteau. 8 vol. Lisboa 1716.
Portugiesische Volkslieder und Romanzen, von Dr. C. F. Bellermann. Leipzig 1864.

Gamla Ordsprak, af Dr. H. Reuterdahl. Lund 1840.

Mudrosloví Národu Slovanského ve Příslovích. Vyd. Fr. L. Čelakovský. V Praze 1852.
Jahrbücher für slavische Literatur, Kunst und Wissenschaft. Neue Folge 1. u. 2. Bd. Bautzen 1853 u. 1854.
Bosanski Prijatelj. Učrednik: J. F. Jukič Banjalučanin. U Zagrebu 1850.
Srbsko-Dalmatinski Magazin. U Zadru 1847—1850.
Običaji kod Morlakah u Dalmacii. Sakupio i izdao S. Ljubić. U Zadru 1846.

Aus Dalmatien, von J. von Düringsfeld. 3 Bde. Prag 1857.
S. Ljubich. Proverbi slavi. Mss.
Mjesjaceslov na 1862 god. Sankt-Peterburg.
Slavin, von J. Dobrowsky. Prag 1808.
Lud Ukraiński przez A. Nowosielskiego. Wilno 1857.
Przysłowia i Mowy potoczne ludu polskiego w Szlazku, zebral J. Lompa. W Bochni 1858.
Schlesisch-Polnische Sprichwörter. Mss.
Die Sprichwörter der Polen, von Dr. C. Wurzbach. Wien 1852.
Cvetje Slovanskega Naroda. Izdaja A. Janežić. U Celovcu 1852.
Pravila kako izobraževati Ilirsko Narečje. Spisal M. Majer u Celovcu. U Ljubljani 1848.
Zora, jugoslavenski zabavnik za godinu 1852. U Gradcu.
Bájeslovný Kalendář Slovanský. Uspořádal J. J. Hanuš. V Praze 1860.
Volkslieder der Wenden in der Ober- und Niederlausitz, von L. Haupt und J. E. Schmaler. Grimma 1841 und 1843.

Refranes o Proverbios Castellanos, p. C. Oudin. Paris 1624.
Sammlung spanischer Sprüchwörter, von Dr. Fr. Koeler. Leipzig 1845.
Cuentos y poesias populares andaluces, colecciónados por F. Caballero. Sevilla 1859.

Grammaire Polyglotte, par le P. Minas Médici. Venise 1844. (Proverbes Tatares.)
Sprichwörter der Krimischen Tataren, von Dr. J. Altmann. Blätter für literarische Unterhaltung. Leipzig 1855, Nr. 4.

Éléments de la Grammaire turque, par A. Janbert. Paris 1833.
A Pocket Dictionnary of the Turkish, English and Armenian Languages. Vol. III. Venice 1843.

Aus der Walachei, von J. K. Schuller. Hermannstadt 1852.

Die Zigeuner in Europa und Asien, von Dr. A. F. Pott. Halle 1845.

Eine Sammlung von Volkskalendern aus Belgien, Böhmen, Dänemark, Deutschland, England, Frankreich, Holland, Italien, Oesterreich, Polen, Rußland, Schweden, Serbien und Spanien.

CPSIA information can be obtained
at www.ICGtesting.com
Printed in the USA
LVHW040359200422
716646LV00005B/298

9 783752 596700